布蘭登・山德森——故事原著

林雅儀——譯

BRANDON SANDERSON'S

WHITE SAND

A COSMERE GRAPHIC NOVEL

【編輯說明】
本中文版為收錄《白沙》新版合集（*Brandon Sanderson's White Sand Omnibus*）之內容。

白沙祕典

第二部

詞彙表

Aisha! 艾夏的！
感嘆詞，意為「白沙啊！」或「沙之主！」。
A'Kar 艾卡
高等祭司與可林信仰的領導者。
a'keldar 艾可達，複數型為艾可達林（a'keldarin）
大型沙狼，可達（keldar）的表親，可達的複數型為可達林（keldarin）。
ashawen 艾沙溫
一種暗色、味道強烈的克茲塔香料。
DaiKeen 戴金
可林教信徒加入的家族式團體，加入後會在額頭上佩戴所加入氏族的符號。
DelRak Naisha 戴蚋克奈沙，複數型為戴蚋金（DelRakin）
一種會躲在沙下並等待獵物踩到牠身上的深沙蟲。
deep sand 深沙區
日面上危險的區域，在此區沙蟲可以長到巨大的體型，而多苓藤則生長在沙下深處，無法當作水源。
The Diem 日殿
御沙師天職，同時也指御沙師居住的建築群。
DoKall 多卡液
一種可以使沙蟲甲殼逐漸產生防水性的物質。
dorim vines 多苓藤
一種可以在克拉沙下找到、富含水分的藤蔓。
KaDo and Kamo 卡多與卡莫
稀有的克茲塔香草與辛香料。
KaRak 卡蚋克，複數型為卡蚋金（KaRakin）
一種供打獵娛樂用的巨大沙蟲。
Karshad 卡沙德語
可林教祭司所使用的語言。
KelThrain 凱爾日瑞安
橫跨凱薩雷城和凱爾辛區之間的主橋。
Kelzi 凱爾茲，複數型為凱爾辛（Kelzin）
落沙的上層階級。
Ker Kedasha 克可達沙
帳篷城，克茲塔首都。
the *KerKor*《可蔻經》
可林教宗教經典。
Kerla 克拉
位於日面的遼闊土地，生命與水源在沙下蓬勃發展。
Ker'Naisha 可奈沙
克茲塔語的「沙之主」。
Ker'reen 可林教
克茲塔的國教，注重嚴格信奉沙之主及其律法。
Kerzta 克茲塔
日面最大、工業最進步的國家。
Kerztian 克茲塔的／人
和克茲塔有關的事物，或來自克茲塔的人。
Kezare 凱薩雷
落沙首都。
Kli 可禮，複數型為可禮恩（Klin）
由可林教教會授予的頭銜，可世襲繼承。
lak 拉克
在日面所使用的礦石幣。
Lonsha 黝沙
克茲塔語，意指來自暗面的人。
Lonzare 黝薩雷
凱薩雷裡由暗面人與落沙人共同建立的行政區
Lossand 落沙
日面第二大的國家。
Los'seen 落辛教
敬拜沙之主的寬容哲學教派。
Lraezare 勒瑞薩雷
落沙南邊的港口城市。
Napthani flame 內薩尼之火
昂貴且難取得的爆炸性物質。
Nor'Tallon 諾塔倫
塔倫的首都。
overmaster 過度操御
當御沙師脫水太嚴重，導致他們失去御沙的能
overburn 過度燃燒
當御沙師將體內最後的水和生命施予沙子，以
最後一次具強大爆發力的御沙術。此舉十分危險。
qido 契多，複數型為契多殷（qidoin）
一種彎曲、像角的水壺。
Reven 雷溫
希維司（Seevis）之王。
Rim Kingdoms 外緣諸國
泛指位於日面西北方山脈之外的國家。
Ry'Do Ali 瑞多阿里
克茲塔語，意為「受詛咒的水脈」（The Vei
Cursed Waters），貫穿落沙中部的河流。
Ry'Kensha 瑞肯沙
「受詛之人」的克茲塔語，指御沙師。
Senior Trackt 資深追警
類似警長或警監。常被稱為「前輩」。
shalrim 沙苓
一種植物，其纖維可以織成柔軟的衣物。
Taisha 塔沙，複數型為塔辛（Taishin）
落沙的管理機構「塔辛委員會」的成員。
terha 拓哈，複數型為拓罕（terhan）
身形比苳施獸更大，速度也更快的沙蟲，是戰
愛的坐騎。若每月噴灑多卡液，其甲殼會變得難
水。
terken 拓殼
對御沙術免疫的意思。
tonk 苳施獸
日面能夠背負重物的野獸。
trackt 追警
落沙的員警。
traid'ka 崔德卡
克茲塔語，意為好運。
ZaiDon 宰東
由沙蟲做成的柔軟、有嚼勁的肉乾，可與大部
面主食一起食用。
zensha 憎沙
克茲塔語，意為叛徒。
zinkall 辛考，複數型為辛考林（zinkallin）
在日面使用的一種氣動飛鏢槍。
Zo'Ken 左肯
御沙師練習打靶的遊戲。

日面
北邊疆海
深沙區
多沙賀肯
塔
鄧卡
瑞維恩
艾胥可落胥
拉
希維司
塔倫
克瑞達山
諾塔倫
諾塔倫河
克可達沙
凱薩雷
深沙區
克
勒瑞薩雷
落沙
南邊疆海

第二部

PART TWO

第七章

榮譽束縛

抵達沙漠的第一週，我們竟然**全程**和一位沙巫同行！
在海上、沙上待了五十四天，就為了來找這些沙巫……
……現在既然我們已經見過他們的領袖，我**不會**讓他離開我的視線。
公爵夫人？
公爵夫人，拜託。我應該要陪同您的——
——無時無刻。
嘿，你們在吵什麼？
你等一下！
坎頓，我們需要談談。

你竟然就
是沙巫！
巴掌
哎喲！

妳叫這
談談？
而且妳又說那個
詞了。妳說的
「巫」是什麼意
思？
巫師或魔法
師。擁有神祕
力量的人。
御沙術可不
是什麼用來
吸引人注意
的小把戲。
巫師和魔術師是專
騙傻瓜的江湖騙
子。我是御沙師。
聽著，我知道妳
很生氣──
──也許喝
一杯能讓妳
冷靜下來。

……繩子
在哪？
什麼繩
子？
你用來吊起它的
繩子——？
請不要像
這樣碰**沙**
子……
……非常讓人
分心。
抱歉。
我就知道我們
會找到他們。
日面魔法是
真的。
嗯，我一直跟妳說
了，這不是魔法——
這是御沙術。
你還是騙了我們。
你還暗示自己不是
什麼重要人物。
你們發現我的
時候，我的確
不是。
我現在擔任宗師
主也才兩天而已。

坎頓，我們橫跨世界
來尋找御沙師——
尋找你。
和我說說你的能
力！它們可以用來
拯救我的國家免於
王朝入侵嗎？
只有兩天？
為什麼是你？
很複雜。只剩我一
個可以接受這份工
。至少暫時是如此。
我不知道。王朝
有……槍械嗎？像
貝昂用來抵抗突襲
我們的克茲塔人的
那一把？
王朝知道槍和火藥的存在，但
只有我的國家伊里斯有方法能
夠大規模生產。
然而，很多
史卡森的戰
士——該怎麼
說呢？——他
們有防彈能力。
聽起來很
可怕。
*嘆氣*得拆掉那
些梯子啊，坎頓老
友！我真不想每次
要約你吃飯時都要
冒著生命危險。
噢……我打擾到
你們了。
他說什
麼？
御沙師正處在危
機之中。
日殿的未來岌岌
可危。妳必須了
解這點。
是，我了解。你
的未來比我的還
重要。
貝昂，我們
要走了。
克里絲，拜託。如果我
無法穩定日殿的未來，
那將不會有任何御沙師
可以幫助任何人。
艾利克，你聽
過史卡森皇帝
嗎？
有著神祕力量的
獨裁者？有啊，
我聽過他。
我不確定御沙
師——
胥拉的！

這梯子壞了！
是我的錯！真抱歉。
那我們要怎麼下去？這裡一定有樓梯吧。
恐怕沒有。
那要怎麼……？
抓住我的手，公爵夫人。別告訴我妳對親身體驗御沙術沒有……
一絲好奇。

喔胥拉啊，坎頓。別把我掉下去了。
現在輪到貝昂。
等一下！你剛剛讓我自己下來就好，根本不需要抱住我啊！
我以為這樣做會比較有趣，如果我——

我——
呃……
……妳知道嗎，妳說得**完全**沒錯。我應該讓妳自己下來的。
你就是個在耍花招的傢伙。
貝昂、妮提思——我們走吧。
我簡直不敢相信！我們救了他，和他一起穿越大半個克拉，而他卻隱瞞他的身分。
換作是我也會這麼做。他的同袍都死在大屠殺中，他又孤身一人。我很失望自己沒看出這關聯性。
要怎麼看出來？他身上沒有任何特殊之處——他沒讓**我**覺得他是重要人物！
總有一天，公爵夫人，妳得要學會如何不靠長相或頭銜來評斷**他人**。
總有一天，貝昂，我也許會採取你的好建議。
但現在我只需要離開這個地方。

嘿，沙小子！你還有個童年摯友被困在上面。記得嗎？
別擔心，艾利克——我要上去了！
儘管我的**力量有所進步**，但仍只能操御**三條沙帶**。那也許足以讓克里絲印象深刻，但無法讓……
嘿！
小姐，妳不能擅自闖入！
克里絲？她又回來了？
不，不是克里絲。是個**追警**。但追警來這裡做什麼，除非是要——
宗師主！
——找我？
看妳的制服——妳一定是**艾伊絲資深追警**。
大人，您聽說過我嗎？
我想全凱薩雷應該都聽說過妳。妳是來……逮捕某人的嗎？

不。至少現在還不是。
希里絲大法官擔心你的安危，宗師主。我被派來保護你。
什麼？
追警工作的一部分是保護處於危險中的人。其他宗師最近遭到刺殺，同樣的事有可能發生在你身上。
告訴大法官我感謝她的關心……
……但我有信心能照顧好自己。
大法官堅持。
那麼妳是要監視我囉？
好吧。
妳想要的話就跟著我吧——
——或者說，如果妳行的話。
是的，我聽說過妳，艾伊絲資深追警。
希里絲不僅派妳來監視我，還派了她所能找到最具敵意、最厭惡御沙師及其所代表的一切的追警。

是誰？
不是什麼重要的人。
坎頓……
我剛做了德萊歐會做的事。因為那女人所代表的身分而否定她。
而且你知道嗎——
——我再也不會那樣做了。
我為我的無理道歉，前輩。最近這幾天很難熬。妳願意的話，我可以將妳抬升到陽台上。
我必須拒絕。
我寧願死也不願讓你**不神聖的沙**碰觸我。
那我了解了。妳可以使用梯子，而我的道歉仍然有效。
知道了。

第五十五天。沙巫——御沙師——是真實存在的，但讓人極度惱怒。很難判斷他們對於抵抗王朝一事能否提供任何幫助。
而且他們看似也有自己的問題……
啊！那個坎頓真是……真是……
和我想的不一樣！
所有力量強大的御沙師都死了。傳聞說坎頓滿弱的，但拯救日殿的任務落到了他的肩上。
蓋文有可能是和前任日殿領袖們會面，也就是我們發現死在沙上的那些人。若真是如此，既然只有年輕和經驗不足的御沙師活了下來，那我們是不可能知道當時會面的結果了。
我們與日殿的進展回到了原點，但事情可能沒那麼糟……
那日殿完蛋了。坎頓的外交技巧就和他給我們看的那些該死的**多苓藤**一樣。
那些能**溶化**任何想吃它們的生物外殼的東西？
沒錯，教授！這些御沙師完蛋了。
也許會，也許不會。聽起來啊，公爵夫人，他們需要的——
——是個既善**於外交**又站在他們那邊的人。
辛德教授，**這**真是個好建議……

你怎麼想？
日殿的狀況很糟，老友。塔辛想要解散你們，一方面受凱爾辛地主影響，另一方面又有可林教堂日漸崛起的力量。他們從各個方向削弱你們的自主性。
而且你們還負債累累。你知道嗎，在你給我看這本帳簿之前，我還真不知道支出竟然這麼高昂。
些紀錄來自商主。想我父親把它們視一種勝利，證明日殿可以無視常規。
紀錄上說你們欠了七百萬拉克啊！真能籌到這麼多錢嗎？
肯定不會是在這裡。我還要去找每位塔沙，試著說服他們投票支持我。
好吧，所以撇除掉大法官，你要去找誰？非伊是克茲塔人，如果他投票支持你，他的族人可能會暗殺他。雷金就算不尊敬御沙師，也尊敬你父親。
雷金認為你逃家是我的錯。
噢，我不知道有這回事。
那戴利留斯呢？我猜那個老酒鬼還是上將主？
一如往常讓舵輪十分難堪呢。
但上將主過去曾是我的盟友，即使他的投票只有間接效果……那還是比從其他人那獲得票數來得好。
我就希望你會選戴利留斯。我可需要喝一杯呢！

上將主的居所
下面的，注意囉！
哈哈哈！看那些小人物怎麼快跑躲開廉價酒精的。儘管如此，那價錢有可能比他們一年的薪水還高呢！
噢對不起，我忘了——你們還在啊？
我們還沒正式謁見您呢，上將主。
好吧，你們想要做什麼？
我們帶來船東圈的請求。他們希望能說服您控制飲酒量。
控制飲酒量？哎，那我要怎
打發時間？
有很多事您可以嘗試，大人。球類運動、戲劇、賽船……
無聊，無聊，無聊！
不，我要**醉醺醺地**面對這世界，不然我才不面對呢。謝謝你們的建議，但既然我認為這建議簡直是瘋了，所以我會忽略它。
你們自己找路出去吧，無疑去個話劇或舞會或……船什麼的。
是的，上將主。
管家啊，你覺得我們可以推倒幾座建築物，讓這個景色更**漂亮**一點嗎？
嗯，也許可以，大人。

上將主變得越來越丟人現眼了！
是變得——
已經……
噓！這種事沒必要大聲宣傳。
他們應該要向你鞠躬的，你可是宗師主。
他們看起來心事重重。
你的意思是**火冒三丈**吧。
你有個令人雀躍的新跟班呢。
我覺得她監視我幾乎等同監視你的程度。
喔，她啊？
艾利克，這位是艾伊絲，希里絲法官的眼線。
見面了。
謝謝。我們已經見過了。
大人現在可以見您了，宗師主。
老兄，你知道嗎，把這地方賣掉不但可以還清你的債務，錢還會有剩呢。
艾利克，現在不是說這話的時候。

啊，我的塔沙兄弟！歡迎。請喝點東西吧。
不了，謝謝。
喔，沒錯——御沙師不喝酒的，對吧？
酒精對我們有……**奇怪**的影響。
可惜啊。你的朋友們呢？
我會很高興接受您的款待。
戴利留斯大人——兩週後您會投票支持我嗎？
直接切入重點，是吧，宗師主？
我對這一切還很陌生。此外，我也沒時間能浪費唇舌了。
我一向認為人要騰出時間多說點話。如果你不說，那麼人們往往會看穿你，看到真正重要的事情。然後他們就會變得不開心！
我只對兩個詞有興趣——
——**支持**或者**反對**。
你知道我的處事原則——只要非伊是你的敵人，我就會是你的盟友。
如果非伊支持我呢？
我親愛的朋友，我才該是那個**醉酒的傻瓜**呀，不是你。讓我們保持各自的人設，免得我們其中一人被搞糊塗了。
如果非伊大人**支持**你，那我就會**反對**。
聽著，我年輕的朋友，我生命中有幾項信念。其中一項為酒是人最好的伴侶。另一項則是，商主代表著我們這世上所有邪惡污穢的一切。
兩者都是讓我人生變得更輕鬆的哲學——一個讓我開心，另一個幫我做好所有決定。
只要我一直和非伊作對，我就知道自己在做好事——即使我沒太關注實際上發生了什麼事。

上將主，我的目標是追求公正的對待。
老實說，我寧願不去考慮這個。
無論如何，要說服非伊投給你，所需的拉克要比它們的原料礦石還要多。
空洞的支持比完全不支持更糟，戴利留斯。
你很緊繃呢，年輕人，也許是因為你一生從沒喝過酒。
但我不認為我是那個你需要與之爭論的人。
也祝你有美好的一天，我的大人。乾杯！
*嘆氣*大人，謝謝您會見我。我現在要離開了。
比起你那樂觀的朋友，也許我能提供一個更實際的觀點？
你知道你的任務只是徒勞，瑞肯沙。甚至那些投給你的人也根本不是真的支持你。這是沙之主的判決。
原來那人還是很在乎他的酒啊。
我原本希望他還會在乎其他東西。也許一直以來我都在欺騙自己。
是啊，這個嘛，我最擅長徒勞的任務了。
坎頓，還不到失去希望的時候。

那男孩得學會不是所有談話都得演變成一場爭論。
管家——你認為那些凱爾辛對御沙師的看法如何？
他們討厭御沙師。很多凱爾辛是克茲塔人，而非克茲塔人的凱爾辛通常信奉可林教。
況且，有錢人痛恨任何比他們更有影響力的人，那是他們的本質。
沒有錯。

不過，我很
奇他接下來
會找誰。」
你遲到了！
我遲到了？克里絲薩拉，妳在這裡做什麼？
不是很明顯嗎？我在等你。
在等我?!克里絲，我現在有自己要擔心的事——有個棘手的狀況，我必須去見工匠主——
——那就是我從第十一時辰就開始等你的原因，我是來幫你的。因此，你遲到了。
宗師主，我們很榮幸能在此時接待您。
工匠主會立刻見您。
克里絲，我得走了。
坎頓，我說我是來**幫**你的……
……所以跟這人說我們是一起的！
……
好吧，但盡量克制自己只能問一、兩個問題——工匠主可是很忙的。
宗師主，和你同行的人可真多啊。
自從我們上次見面後，我發現自己變得**越來越受歡迎**了，工匠主。
你會發現這對我們這種位階的人是常態啊。我能怎麼幫你呢？
我需要你的投票支持，萊特大人。

日殿遭受不公平對待，如今它的敵人正利用其弱點來佔它便宜。
我唯一關心的是我的選民，而為了他們的利益著想，我必須投票反對你。
新任艾卡一心只想著嗜血報復。我曾和塔樓士兵一起訓練過。
我可以將那軍事技能傳授給日殿，把日殿轉變成我們本該成為的精銳護衛隊。
御沙師不把法律看在眼裡，坎頓。宗師予取予求又不給任何回報，既不賣商品也不提供服務。我的良心無法允許他們繼續存在。
我是不知道艾卡和他的武士祭司，但我擔心的是，落沙的自主性會受到更大威脅。
大人，您所說的——
坎頓，問他需要什麼賠償才能彌補你們的罪過？
於是，坎頓開始翻譯……
日殿所欠我們天職的帳務是有被記錄在案的，女士。但讓我擔心的不是欠債——而是未來可能發生的竊盜行為。
如果這些竊盜行為停止呢？如果日殿能償還他們的債務呢？
我不知道他們要怎麼還。日殿擁有的錢都是其他天職所贈與的。
但你能忽略御沙術這項奇妙的工具嗎？
很不幸的，這項技藝的施展者糟蹋了它的潛力。
那是可以改變的。你自己也說未來比過去更為重要。
難道御沙師對你們成有任何用處嗎？用百來看的話，也許能激們相互合作。

有些御沙師可以舉起十多人的重量，也能用沙帶鑽穿石頭。這種能力對很多天職和次天職而言極為有用。
你的**同伴**提出的提案有其優點，宗師主。你應該早點說的。
工匠主，這是個……還**滿新**的提案。
如果你願意考慮的話，這就是我的提議。
我接受。
前提是日殿要償還積欠的債務，以示誠意。
很不幸的，七百萬拉克超出——
七百萬？我不知道你的資訊從何而來，宗師主——
——但我們的紀錄顯示你們的欠款是**一百五十萬**，對於農主和田野的積欠金額則是五十萬。
那你將會拿回你們的拉克，大人。
我常想，如果我們兩個天職合作，不知道能達成什麼成就。多年來，我向日殿提出很多和今天協議類似的提案，但總是被拒絕。
謝謝你的來訪，宗師主。
他的話讓我深受鼓舞，但他的紀錄讓我很困惑。如果我們欠工匠和田野總計兩百萬，那日殿究竟欠誰**五百萬**？

做得好，克里絲。
我沒想到……
哼！
我還在**生氣**。
但妳剛剛在裡頭
幫日殿談判。
如你所言，如果沒有
日殿，就不會再有
任何沙巫——御沙師——
而他們是我來
到日面的原因。
所以我們接下來
要去哪？
我們？今天沒有要去別的
地方了，公爵夫人。大部
分的塔辛辦公室在第十二
時辰就關了。
我計畫明天會
去探望將軍主。
他不在。他去狩
獵**深沙蟲**了。
是嗎？
他在**躲**你，坎頓。每
當我父親覺得有很多
人要試圖造訪他時，
他就會去狩獵。
你父親？
你是誰？
某個不太重要，
也決心繼續維持
這種狀態的人。
好吧，我沒**時間**等雷
金大人回來。我要去
找他。
我和你去。
不。深沙蟲對一輩子
住在日面的人來說都
很危險了。
但你的談判技
巧——
就必須足夠，
公爵夫人。
我保證，等我回
來我們會再談。

他們要在每個角
落都加蓋**樓梯**，
讓**每個人**都可以
去到日殿各樓層。
戴林，這地方看
起來好多了。做
得好！這就是我
期待的。
太好了。
師主，今天還
有別的事嗎？
不是今天。快要第一
時辰了，我想再檢查
一次日殿的帳款紀錄。
並試著找出我們
欠誰那另外的**五
百萬拉克**。

客

的是，在克茲塔，由艾卡指示且根據可林律法的情況下，是可以派遣刺客的。甚至還有戴金符號能委派刺客。但在暗面上，這種聲明會讓人遭受監禁或更糟的命運，在那裡，暗殺只在暗中進行，且為社會所接受，儘管出於某些原因，決鬥卻是可被接受的。

面，派遣刺客更像是一個個體、家族或戴金對另一人的私人宣戰。沙之主的意旨顯然可以從刺客的或首領被殺死時得知，這也能讓宿怨暫停至少一年。

考林（「辛考」複數型）

日面所見到的大部分刺客、武士、士兵和追配戴著辛考林，這看似是他們決鬥、打仗和時偏好的選擇，除非是御沙師——他們可以子形成刀狀沙帶或彈藥，再將其以超高速導們的敵人。（我們必須要找到方法將御沙術帶里斯。）

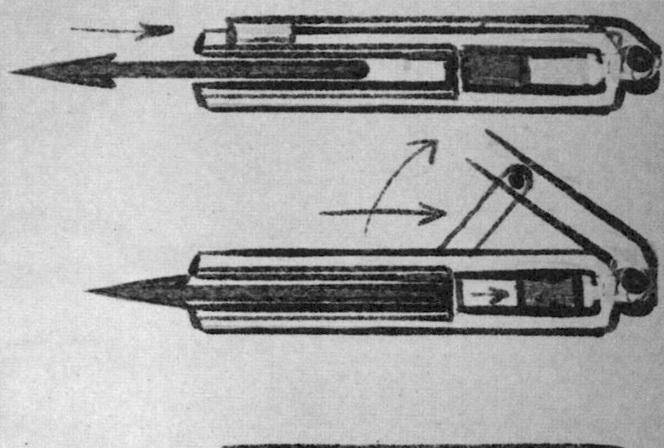

林，儘管創新，卻仍不具槍枝的威力，甚至一把標準的十字弓。然而，他們用威力換來攜帶便利性與易用性。

然辛考林射出的是箭，但其使用方式與弓並不完全相同。辛考林通常在近距離作戰中使用，在使用打之前先弄傷對手。不過，一流的克茲塔武士準頭相當準，可以使對手喪失行動能力或將其一箭命。

在前方上膛，然後打氣給裝置，使其做好開火準手腕輕輕一捻即可釋放氣壓與箭，箭的大小大概在飛鏢與暗面插銷之間。

辛考箭

甲殼箭鏃

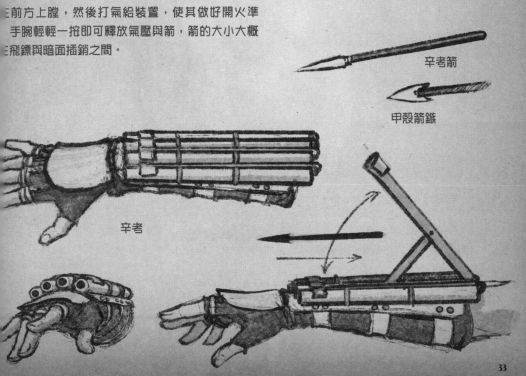

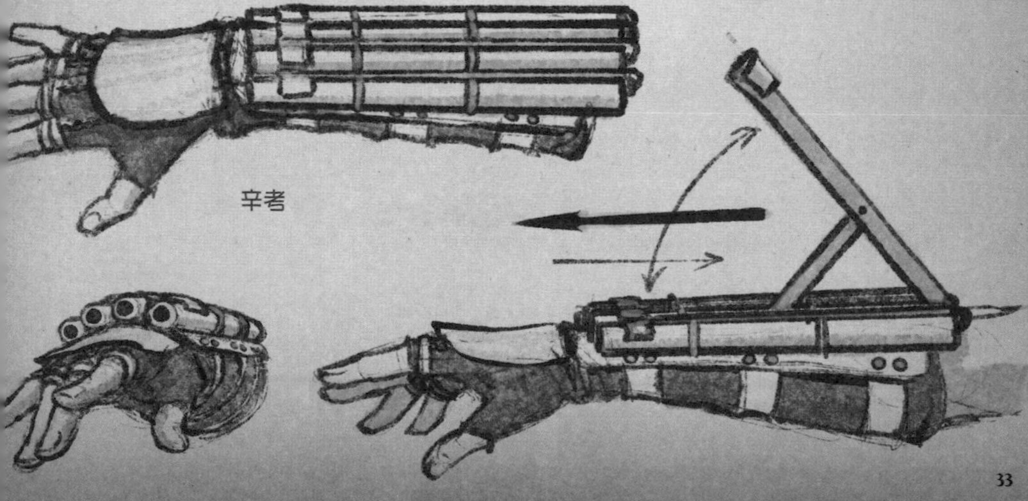

辛考

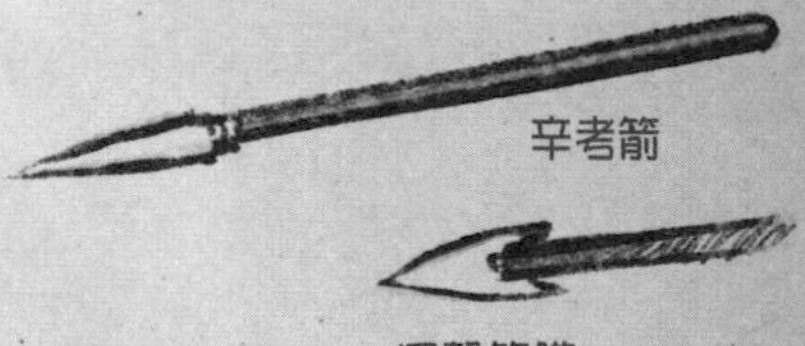

第八章

吾之刺客

窸窣
是誰——
咻
咚
好吧，看來有人和我一樣討厭文書工作！
咻
咻
咻
咚
咚
咚

隨著一道閃光，我的沙子爆發出生命力。
咻咻咻
我將沙
接射向
的胸
搞什——
沙子變黑，像水潑向石牆般，從我對手的盔甲上噴濺開來。
咻
這些人是……**拓穀！**對御沙術免疫！
所以，我不能用御沙術攻擊這些刺客……快想啊。

他們以為困住我了，但
這房間對團體攻擊來說
太過擁擠。這代表……
鏘
……一對一
的戰鬥！
你有聽到什
麼嗎？
也許只是坎頓在試
圖搞懂他父親的文
件編排系統。
祝他好運
了！
在哪裡——?!
劃
呃啊啊！

啪 啪
咻
咻
艾夏啊！
砰
我閃躲開來，拋出一條沙帶接住箭——
艾夏的！有些箭也是拓殼！
御沙術無法阻止他們。我必須依靠本能反應來閃躲！

各位，箭用完了啊？
那麼今天的動議不如先暫緩——
——你們說呢？
砰轟

我猜你們被告知說御沙術無法影響你們。
但他們沒告訴你們的是，沙不必碰觸你們——
砰
——就可以致命！
呃啊！
嘎吱

嘩啦
克茲塔刺客！我應該讓他們完成任務，摧毀這些不神聖的御沙師。
搞什麼沙的？
我現在明白了。
就算砍斷日殿的四肢，留我們自生自滅，我們的敵人還是不滿足——
——他們想要親自給予那致命一擊。

白沙啊！我一定得在我的克茲塔兄弟姊妹和維護法律之間選擇嗎？
太遲了。我在答應希里絲法官的請求時就已經做出選擇……
宗師主，我來了！
他在上面！
呀啊啊啊啊！

劃
二打一。而且他們離我太遠了，根本攻擊不到。得要……
躲開……？
啊啊啊啊啊啊啊啊啊啊！
什麼……?!
啊啊啊啊！
保護御沙師免於我克茲塔同胞的傷害——我對自己的厭惡幾乎將我淹沒。
但我能夠平息內心的野獸。就算很勉強。我的思路清晰，我的動作都是經過計算且精確無比。

喀拉—樸滋
快，瑞肯沙，
你殺了幾個？
八個，包含妳殺
的兩個。
八個？好。那
你直到後天都
暫時安全了。
什麼——？
安全？
看到了嗎？
這個。
這是新的戴金。
艾卡的神聖武士。
沒錯。但你看看兩側——方框
兩側各有一個新刻的傷痕。這
是刺客的記號。

這代表你被標記為克茲塔人民的敵人。或至少是艾卡的敵人。
但所有御沙師都是克茲塔的敵人，不是嗎？
這不一樣。艾卡給予一個特定家族刺殺你的任務。這是一項正式的命令。
他們可以每兩天派出最多**八位武士**，直到他們成功……
……或直到你殺了他們的首領。打敗首領，那麼一年內他們就不得再派刺客襲擊你。
但誰是他們的首領？
通常是家族的領導人，但不一定。如果艾卡把任務交付給一個武士很少的家族，那他就可以指派另一個家族給予協助。
但刺客首領會親自指揮攻擊，所以他會在附近——在凱薩雷某處。
而且看看這個。**溶化的甲殼。**
不論是武士，還是他們的武器和盔甲都沾滿了這個。
不要用你那可憎之物碰我！
我能不能測試……
抱歉。

它能抗拒充能完後的沙。
艾伊絲——如果把拓殼深沙蟲的甲殼溶化後會發生什麼事？
它會和沙相斥嗎？
聰明的想法，但不是新的。這所需的加工方法是只有艾卡和國王知道的高度機密。我會呈報此事，追警會接著調查。你今天會很安全。
透過維護法律，我同時也保全了沙之主。我知道自己是個優秀的追警。但我在這做了什麼？難道我真的是，如他們所說的，憎沙——叛徒嗎？
艾伊絲——？
謝謝。妳救了我。
別誤會了，瑞肯沙。我是出於職責才會保護你，不是因為我想。我痛恨你。痛恨你們這種人。
若在其他時刻，我會為這些人的努力喝采。
你可以試著討好我，可以試著成為我的朋友，可以試著和我一同歡笑，向我證明你和我想的不一樣。
你甚至有可能會救我一命。
但這些都不會改變我的看法。宗師主，這沙上的**邪惡**就是你。當時機到來，我希望你能了解一件事——
——我寧願**死**，也不要帶著被你罪惡力量拯救的恥辱苟活。

稍後……
宗師主，我們的調查暫時告一段落。我們先告辭了，但會和您保持聯繫。
謝謝你，追警。如果你們有任何問題要問，我會空出時間。
那是誰──？
艾洛林?!
艾夏的，老兄──我還以為又有刺客了呢！
*呻吟*坎頓，別對我提到刺客。
當然，當然。進來吧，老友，跟我說你這段時間都去哪了。

在……克拉上發生的事之後，我很愧疚我拋棄了日殿。
那是可怕的一天。我們之中很多人死了。特雷本……我父親也是。你之後去哪了？
南邊，我的家鄉。但都過了那麼久，我早已無法融入。所以我回來這裡。
我們很高興你回來了。
雖然日殿由宗師統治，但實際管理的人是**你**，艾洛林。我們迫切需要你的組織能力。
還有你的御沙術──？
我……燒盡之後……還沒嘗試過。
試試看吧。這裡都是你的朋友。
我**過度操御**了，坎頓。我無法……
……我真的不能。
沒關係的，艾洛林。就我看來，你仍然是個御沙師。比起**一打**的御沙師，我更希望是**你**回來。
朋友，你願意回到崗位上嗎？
我聽從你的命令，宗師主。

五十六天，第
寺辰。裁決廳。
妮提思，妳對御沙術了解多少？
我知道那是御沙師的領域。
但它是怎麼運作的？如果我要代表日殿，我就應該知道。
他們能控制其他用沙做成的東西嗎，還是只有沙？如果只能控制沙，又是為什麼？
所有活動都需要能量——所以將沙舉到空中的力量從何而來？一位御沙師可以舉起多少沙，又可以維持多久？
公爵夫人，如果妳對代表坎頓大人一事有疑慮……
不。只是……
或許我會試著對坎頓好一點。也許他會因此感到困惑，然後告訴我他的祕密。
哼嗯，妳好奇怪。
克里絲薩拉公爵夫人及諸位同行人員，大法官現在可以見你們了。
他說大法官可以見你們了。

就這樣，妮提思負責翻譯……
大法官，我是來自獨立國家伊里斯的克里絲薩拉公爵夫人。
我聽說過妳，公爵夫人。妳是和我們新任宗師主同行的那位。
我來此正是為了他——也就是說，我是代表日殿而來。
真令人好奇。年輕的坎頓在短短幾天得到的支持，比我預期他能在兩週內獲得的還多。
公爵夫人，妳可以代表日殿發言。

謝謝您，大法官。日殿站在被除名的懸崖邊。我來此是要尋求您的建議與支持，請教該如何避免此事發生。
妳太遲了，此事已無法**避免**，孩子。但翻轉情勢——是有可能的，**如果**妳能說服諸位塔沙的話。
塔辛十分忙碌，大法官。要和他們會面幾乎不可能。
的確。他們就連要見自己人都找不到時間。
但有一個人會主動關心落沙上被遺忘的人。他的名字是尼爾托。
乞丐主？
雖然法律上他不是真正的塔沙，但以他自己的方式，尼爾托的勢力或許可說是等同我們任何一人。
這座城市的人民尊敬他。若妳能改變他對於日殿的看法，那麼人民的態度也不會相差甚遠。
謝謝您，法官大人。

收下這個吧。不止為了孩子。朋友，你也要吃點東西才行。
尼爾托大人？這位是……
跟她說我知道她是誰。
妮提思開始翻譯。
從伊里斯來的女人。
妳的翻譯員說妳要求會面。好吧，這裡是我的辦公室。
這裡？
沒錯，如果妳想談談的話。
所以，為什麼妳要一直煩我？
希里絲法官說你或許能幫助我。這城市的人們似乎很尊敬你，他們向你尋求治癒和希望。
如果你支持御沙師，這城市的人們也會跟著支持。

這對妳有什麼好處？妳只是個外來者，不是嗎？
我一位好友先我一步來到這裡，希望能向御沙師尋求協助——
——如今，為了懷念他，我也許能夠幫助他們。
妳的故事聽來真神祕。
男孩，過來。
我代表凱薩雷人民的聲音。也許我能幫忙……
日殿前途未卜，距離決定他們命運的日子只剩幾天了，尼爾托大人。
我們剛抵達時，我看到你和洛潭了。如果你的政治理念與他相同，你就會知道王朝下定決心要征服整個暗面，而他們是否會就此罷休也尚未可知。
假如御沙師在審判中挺過來，有些御沙師或許會願意和我一起回到伊里斯，幫我們抵抗王朝的侵略。
若光是這一點還無法贏得你的支持，宗師主本人也希望能改變日殿，這對落沙人民而言或許是有益的。

所以，妳希望藉由乞求我，我就會替妳乞求落沙人民？
妳難道不知道，永遠不該向一個乞丐乞討嗎？公爵夫人。
但妳那遙遠國家的困境觸動了我。我只有一個問題，妳真的認為這位新宗師主能夠改變日殿，御沙師真有可能再次為落沙人民服務，而不是為了他們過度膨脹的自負？
……
是的，尼爾托大人。我相信他可以做到。
哼嗯。我們等著看吧。
我會考慮妳代表日殿所提出的提議。在此同時——
——這些現在屬於妳的了。
喔，胥拉啊！這些是……蓋夫登的手槍和戒指？

你從哪裡拿到這些——？
誰又會在乎那些不是王子、不重要的人？沒有人。
妳為什麼這麼在乎這個蓋夫登和他骯髒的財產？看看妳四周。每週都有許多人死亡，妳覺得他們的家人哀傷的程度有比較少嗎？
國王、王后、公爵夫人……女人啊，你們所謂的貴族讓我反胃。現在跑回妳那舒適的家吧，假裝我們這些靠你們餐桌殘渣來維持生計的人不存在。
我錯怪你了。你是個糟糕透頂的人。
噢，我知道，公爵夫人。我知道。
一個糟糕的人，可能會在正確之人耳邊說日殿準備好要改變……
好了，剛剛的一切都很奇怪，但可能有點幫助。
夫人，您確定這些屬於蓋夫登王子？
是的，貝昂。我們會把它們帶回伊里斯，上呈給蓋夫登的雙親，也就是國王和王后。
我們走吧。身為您的保護者，若能離開這裡我會更安心——
——即使您現在有了已故未婚夫的手槍。
不會太久的。我會請辛德把槍鎖在他的行李箱裡。
辛德？公爵夫人，您認為這……明智嗎？

第五十六天，
第十一時辰。
我們取回了蓋文的手槍和戒指。我將它們握在手中，清理了他已乾掉多年的血跡。
雖然我早已不再哀悼，清理、拋光他的遺物卻有預期外的療癒作用。
此外，儘管乞丐主不討人喜歡，我認為他還是會努力改變人民的想法，給日殿第二次機會……因為坎頓能夠證明御沙師對落沙是有益處的。
敲敲
希望這能讓我們朝目標更進一步，能讓他們和我們站在同一陣線，幫助伊里斯抵禦王朝。
公爵夫人？
我很抱歉，夫人，我不是有意打擾。只是我的書在這……
你自便吧，艾奎恩，我……只是在寫遠征日誌。
公爵夫人，過去幾週我一直在想一件事。
艾奎恩，什麼事？

您是否記得狄瑞隊長過世時，當時我們剛離開伊里斯不過兩週？
是的。貝昂把我們叫醒，他和隊長與中尉一起去前方偵查——
——但他急急忙忙回到營帳，因為邊境巡邏隊就在附近。
那晚我睡不著覺，所以當你們其他人都搭好帳篷、就寢後，我依舊醒著。
「就在貝昂回來之前，我聽見**兩聲槍響**，槍聲距離很遠，幾乎聽不到。」
「當貝昂回到營帳時，他說邊境巡邏隊追在他們身後，還朝隊長後背開了槍。」
但我只聽見**兩聲**槍響。不是應該會有**更多**槍聲才對嗎？
而且巡邏隊為什麼沒對貝昂開槍？如果邊境巡邏隊離我們很近，為什麼我們從沒看見或聽見他們？
艾奎恩教授，我**信任**貝昂。他不會對我撒謊。
也許……也許狄瑞隊長是在遠處被射中的，而你聽見的兩聲槍響是巡邏隊在追擊貝昂時發生。
沒錯，當然了，夫人。一定是這樣。
儘管貝昂堅持邊境巡邏隊在跟蹤我們，但為什麼我們**沒**發現任何被追趕的跡象？噢胥拉啊，如今艾奎恩提了這件事，我就沒辦法不去想它……

第九章

獵捕成果

宗師主！好一
個驚喜啊——
——竟在這
麼遠的地方
相遇。
很抱歉打斷您的假
期，雷金大人。
謝謝你這麼說。
請坐吧。
深沙區離落沙可是有
好一段距離呢。你如
此努力找到我，我對
此印象深刻。
謝謝您，
將軍主。

這將會是場捕獲滿滿的狩獵。我們已經抓到好幾隻了。
你以前看過狩獵深沙蟲嗎？
沒有，大人。
來吧，宗師主！
你還會和塔樓士兵比劃嗎，還是你已經長大不再這麼做了？
你必須改正這一點。這可是與眾不同的體驗呢。
但這不是我為什麼來——
我一直以來都認為他們的訓練很有幫助。一個聰明人會確保他在戰場上不會只有一種攻擊方法。
說得沒錯，坎頓大人。額外的技能可以提供很多幫助——

——尤其是需要**更換**天職的時候。
事實上，雷金大人，那就是我來找你的原——
看那裡！他們找到什麼了。
我們待會再繼續這個話題。你願意加入我嗎？
我？
你都千里迢迢過來了——不妨看看狩獵是怎麼一回事。
大人，我從沒騎過任何拓哈。
相信我，牠們很強壯。從幼獸開始，我們會向牠們身體噴灑多卡液，讓牠們的外殼不溶於水。
你以前沒參加過，所以我該警告你——關於**深沙蟲**的故事不全然是真的。
你的意思是，深沙蟲並不像一般人所想的那麼大？
喔不，牠們是很大⋯⋯

……但這裡沒有多苓藤，因此深沙蟲可以不斷長大——只是並不總是像一般人所想的那樣。
什麼……我眼前的是什麼？
好像沙子活了過來！
哈！我警告過你了，宗師主！
當人們來到深沙區，看見沙子在他們身旁躁動不安，就會想起那些故事，以為自己就要遭受攻擊。
所以他們**逃跑**——從不知道他們看到的並非是單獨一隻怪物……
而是**數千隻**小怪物。

我知道了。牠們並不是以個體來行動——而是群體行動。
……然後牠們來到沙子表面進食。
白沙被牠們消化後會失去特性，直到再次被太陽充能。
現在，那些才是你**真正**該注意的。
那是什麼？
戴蚋克奈沙。牠們並不主動狩獵。事實上，牠們不怎麼有害——只要你不踩到牠們的話。

但如果
踩到了
……
砰
嘩嚓
看到了嗎？牠很生氣沒有東西可以吃。
這真是有趣啊，大人。
大概就這樣，但我猜你不是跑來討論沙蟲的，而是要談生意。
提出你的要求吧，宗師主。雷溫說要給你什麼好處？
希維司的雷溫國王……？

沒錯。你的舉動讓我很驚訝，但我認同這招很精彩。
在其他國家知道我們在做什麼，並試圖影響你們之前，我們希望能掌握住宗師們。
城裡其他人並不知道我們要解散日殿的計畫。但你兩週的「暫緩執行」毀了一切。
所以，告訴我，宗師主——
——雇用你們要多少錢？
你想要**雇用**御沙師？
嗯，當然不是你們**所有**人。
那樣就有違摧毀日殿的目的了。我們只須雇用足以讓所有人知道塔樓擁有御沙術力量的人數就行了。
相信我，我付給你們的錢會比外緣諸國還多。
你想**摧毀**我們，因為我們力量變得太強大，但接著你又試圖將這力量**占為己有**？
所有的政治手段都是建立在虛偽上，坎頓。
別讓我們的私人歧見毀掉你的機會——我們的安排將對雙方都有利。
你耳聞關於御沙師和外緣諸國在打交道，此事所涉及的是另一名御沙師，不是我。我打算要**拯救**日殿。
至少，我們在此的談話證明了如果願意的話，我們可以好好相處。我們不必成為敵人。
我們一定可以達成一些協議。
孩子，我已經提供了一個提議。御沙師已不再有用了。你們要不加入我，要不就失去所有人。

雷金大人，你說御沙術沒用，但同時你又密謀將御沙術占為己有。你知道御沙術的威力，而且你害怕它。
你一心只想做對自己最有利的事，而不是為了落沙。
你好大的膽子！我壓根不在乎御沙術的力量——御沙術根本毫無力量可言！當然，你們可以對人丟沙子，但那在戰鬥時有什麼用？
你們不過是群江湖騙子。我想要的是你們的聲譽，小子。你們的名聲！
然而，我改變心意了。我寧願看你們被摧毀——
——也不要讓你們靠近塔樓！
駕！
嘆氣 我得想出更好的論點才行。

我沒認錯的話，雷
金大人的戰利品是
一隻卡蚋克。
他的手下譏笑、
戲弄著牠，而
牠既負傷又無
助——

——讓雷金大人能
給予致命一擊。
他會對日殿
做一樣的事。
啪擦
我們的敵人已把我
們削弱到瀕臨死亡
的地步，而如今雷
金會得到給我們最
後一擊的名聲。
啊啊！
這將會是個歷史性
的決定——剩下的
七位塔沙將會被記
得是摧毀御沙術的
人。
除非我找到
方法讓他們
改變心意。

搞什
——?!
重重摔地
怎麼了？
妳——？
那隻野獸……
是個寶寶。
現在……
牠媽媽來了。
雷金大人？
雷金大人！

這些士兵處在生命危險
中。我必須幫他們！

救救我！救命！

好，雷金大人。我聽到了。

哪個士兵能帶我離
開這裡——
——立刻
升遷！
我不需要升遷。
我需要在
塔辛之中
有個盟友。
轟隆隆
呀啊啊啊！

呼哧喘氣
宗師主，**現在立刻**帶我們離開這裡！
看起來好像有幫手抵達了。
搞什麼沙的……?!
你似乎需要搭個便車——
父親！
艾利克？我以為你不會跟著我們。
坎頓是我朋友，如果我離開他身邊太久，他很容易惹上麻煩。
現在抓緊了！
好吧。現在只剩我們兩個了。

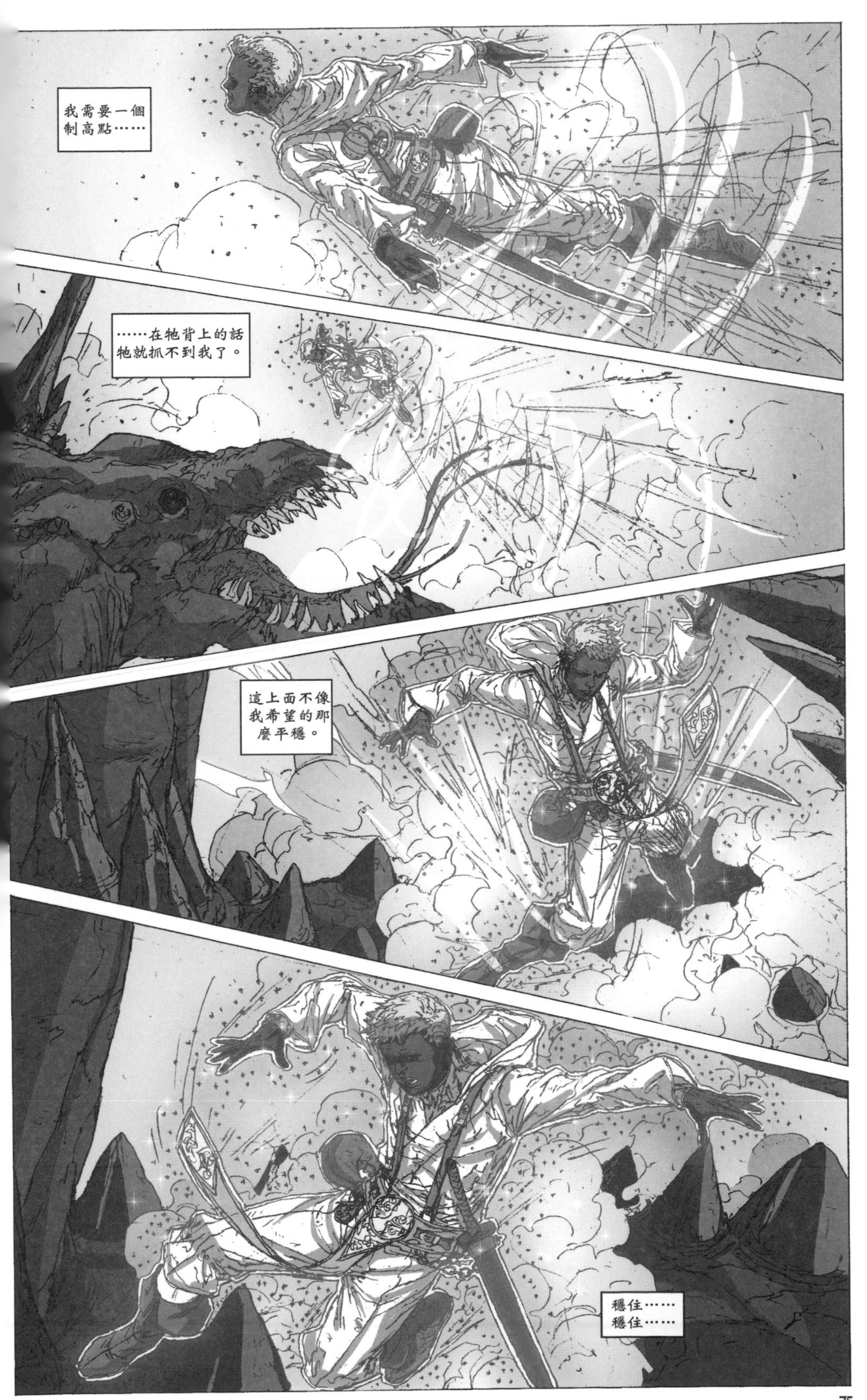

我需要一個
制高點……
……在牠背上的話
牠就抓不到我了。
這上面不像
我希望的那
麼平穩。
穩住……
穩住……

哇啊！
這沒有用
……等等！
我呼喚白
沙……
……形成
一根長杆。
必須專注在維
持平衡上。

當我一就位，我鬆開用
來平衡的長杆，讓沙子
變質落下。接著，我用
另一條沙帶發動攻擊。
過去這幾週我
不斷對上拓殼
和難以被毀傷
的事物——
——克茲塔刺
客、宗師之路
上的怪物——
——我都快忘記與
能被弄傷的敵人打鬥
是什麼感覺了。

砰！
真了不起。
而我還被認為
是能力不強的
御沙師呢。

小子，你很高興看到我受傷嗎？我很確定你就是在等這種事發生。
也許吧。你曾暗示御沙術很沒用。我想你現在有足夠證據顯示事實並非如此。
我沒有請你幫忙。
而假如我今天不在場呢？你會有超過一打的人喪生——你也會是其中之一。
繼續吧御沙師——繼續幸災樂禍吧！
這並不是幸災樂禍。白沙的，甲殼有多厚你就有多蠢！
哈哈哈！你就像你父親！他是唯一敢這樣跟我說話的人。
我知道如果再有類似的事發生，你會做好萬全準備。
一旦日殿恢復地位，我可以馬上派兩打御沙師給你。你想做什麼都行。

你想要御沙師的名聲，但我能提供更好的——使用日殿力量的權利。
除此之外，再加上御沙師永不奪取不屬於他們事物的保證——換取你的投票支持。
嗯，那會是哪種御沙師？我可不希望你淨送你們拒收的人過來。
至少有一位宗師——
——加上其他成員，每一階級至少一位。
成交。
謝謝你。
小子，我才剛看到你砍了那七十呎巨獸的頭！我不在乎我得付出什麼，那不是我們能失之交臂的力量。
只要日殿天職還在，就有律法可以制約你們。我想，也許日殿本來就是要用來約束御沙師的。
也許是這樣沒錯，但現在艾利克和我得向您道別了，將軍主。
等等！你們吃過飯了嗎？我的廚師很快要開始準備晚餐了……

「……歡迎你們留下。」
哈哈哈！你這任性的兒子出現時，我早就該知道今天會很不順！
但接著我救了您一命！我真是無藥可救了！
哈哈。艾利克，你一直以來都很無藥可救！
父親和兒子……
……誰又能說得清這種關係？
我想該是時候打破日殿傳統，允許家庭進入日殿了。
多年前，我父親娶了暗面女人，打破傳統。也許日殿對家庭更持開放態度，日殿對我父母婚姻的敵意就會減少一點。

是誰——
噢！

面的御沙術？

果我們能幫坎頓拯救日殿，他保證御沙師會在抵抗王朝一戰中助我們一臂之力。但有些問題依然無解。

暗面上可以使用御沙術嗎？正如同我們的星痕在日面無法使用，在暗面有可能也無法使用御沙術。

假如御沙術可以在暗面使用，那麼就衍生出更多問題。伊里斯士兵能學會使用御沙術嗎？還是御沙術只侷限在坎頓派來的御沙師？它能有效對付史卡森的軍隊嗎？刀狀沙帶能以子彈難以抵擋的方式，突破史卡森菁英部隊的保護嗎？

希望能更仔細觀察、研究御沙術，但坎頓不斷推辭我的種種問題。雖然不可否認我的目的是要刺探這技藝，但他說有些祕密只有日殿成員才能知道。

不確定坎頓——或日面的任何人——是否了解王朝有多強大。假如伊里斯陷落，史卡森會接著將目標到日面，即使考慮到星刻軍隊在日面沒有瑞多斯之眼為其充能，無論是海軍或軍事技術上，日面將還無法和王朝比擬。

驗

如今可以觀察與實驗的選擇有限，但目前我已經確定，白沙在碰到液體或在御沙術中使用過後，會轉成黑色。我想知道有無充能的可能，類似星痕仰賴暗面每週的脈衝。而在日面，明顯仰賴的是太陽。在瓷盤上放了四小堆沙，其中兩堆受陽光照射，另外兩堆則放在黑暗中。

	實驗組	對照組
子在陽光下充能需的時間	有水	無水
在日面1小時後		
在日面2小時後		
在日面3小時後		
在日面4小時後		
在日面5小時後		

	實驗組	對照組
沙子在黑暗中多久會變質	有水	無水
在日面6小時後		
在日面12小時後		
在日面18小時後		
在日面24小時後		
在日面30小時後		

陽光照射的黑沙，在四小時過後變成白色。在黑暗中的白沙，在二十四小時後變成黑色。對照組則都有明顯變化。如果我用油代替水，結果會不一樣嗎？

第十章

嚴峻挑戰

艾夏的！我的
劍不見了！
呃呃呃呃！
砰
艾伊絲是怎麼說的？這些忠誠於艾
卡的人會不斷派刺客來，直到……

……直
到我死。
真不敢相信！她
在身上塗滿了拓殼
油——足以抵銷我
的御沙術。

這女人知道要怎麼
和御沙師戰鬥！

白沙的，她
很強壯——
——而我還不是很
習慣像這樣控制三
條沙帶……
……我的體溫因為
脫水而逐漸上升。
但一輩子的努力掙扎讓
我意識到，事情總會有
解決的方法——
——只要
我找到那
個方法！

瑞肯沙，
你完了！
雷金大人說戴蚋金
是無害的——
——除非你
踩到牠們。
不！

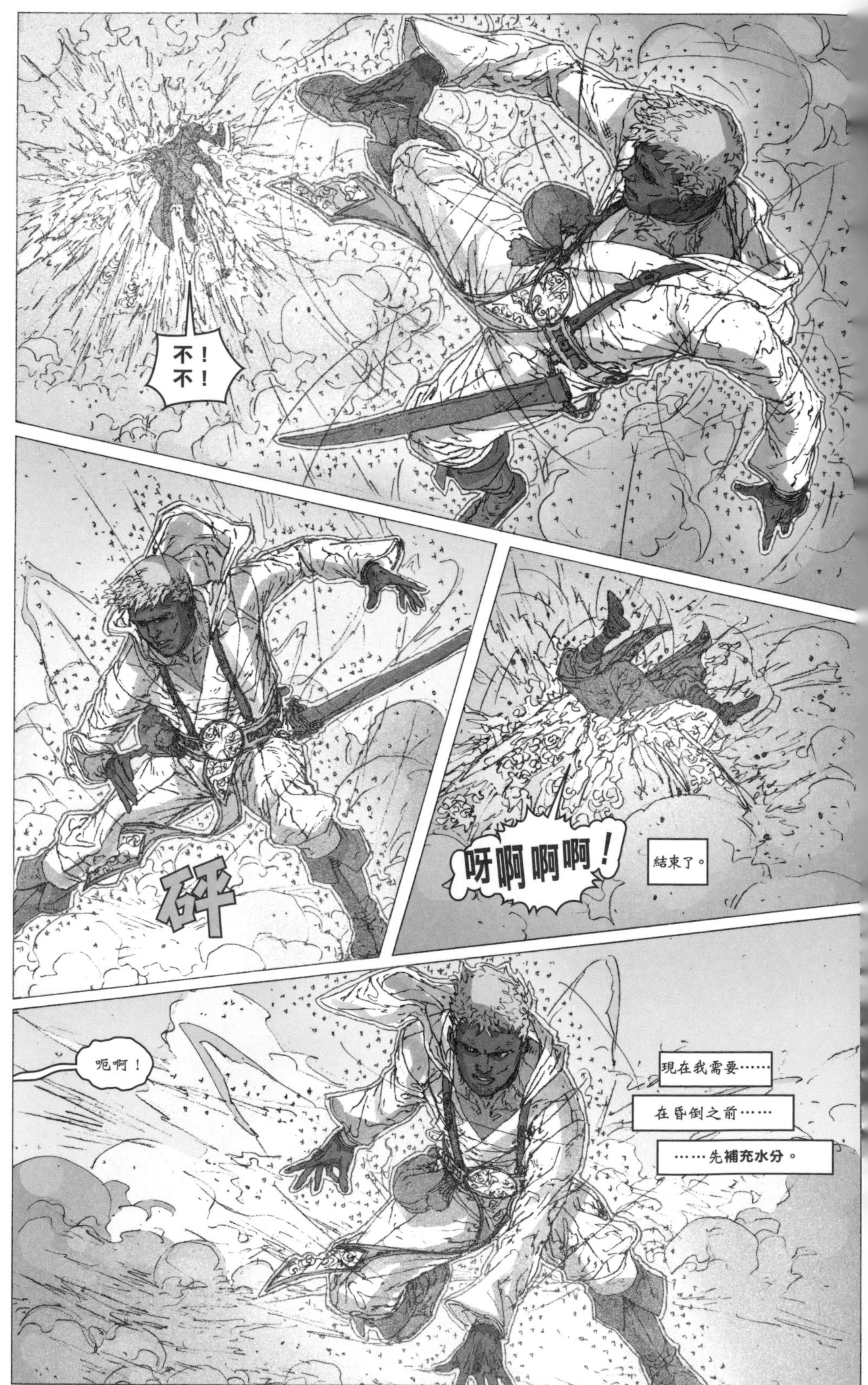
不！
不！
砰
呀啊啊啊！
結束了。
呃啊！
現在我需要……
在昏倒之前……
……先補充水分。

坎頓，那個
刺客是怎麼
找到你的？
我想他們一定有派
人監視日殿。
艾伊絲，那麼妳當時
人在哪？我以為妳是
我朋友的**保鑣！**
如果沙之主意
旨如此，我就
會在那了。
我……無法反駁
這個邏輯。真讓
人……大開眼界
的說法。
不過話說回來，
要像那樣在克拉
中跟蹤人……
你的敵人真是野
心勃勃。
還有件事——
關於時間，艾
伊絲說對了。
刺客一直等到
第一時辰才攻
擊，正式說來
是隔天。
但無論如何，
艾利克，你父
親還好嗎？
他還在對我
生氣，但他
可能一直都
會吧。
他還是不願接
受我**不會**接任
他成為**將軍主**
的事實——
——你能相
信他甚至還
想給我一把
劍嗎？
也許他注意到
你現在身上不
佩劍了。

日殿
捫心自問吧——
你們資淺的宗師主現在人在哪？
我來告訴你——他在**為自己**做打算，確保**他自己**的安全。
我們也需要這麼做，兄弟姊妹們。再一週多之後，日殿將不復存在。
我們該怎麼辦？我們該去哪？誰能保護我們？
我已經為大家計畫好了。我承諾——承諾財富與保護！
德萊歐，你違反了我的明令！
……
宗師主……歡迎回來。
你現在必須停止，德萊歐。日殿受夠了你的疑神疑鬼。

是嗎？那日殿打算怎麼阻止我？
我們之間很明顯有問題。
顯然如此。
那麼我們必須了結這件事。
我看不出有何方法解決。
曾經有個方法。很多年前，我們的會議區有另一個名字……
因此——日殿的德萊歐，我向你下戰帖，在**決鬥場**上一對一決鬥。
你這個傻瓜。
我們都知道我在**幾秒內**就能把你碎屍萬段。
那麼我將不配當宗師主，不是嗎？
我們**十天後**決鬥，就在委員會做出決定之後。
我接受，但有個條件——我們在委員會做出決定**之前**決鬥——
——如此，你就**永遠無法**被任命成為真正的宗師主。
因為我要拯救日殿——如果你之後殺了我，日殿就是你的了。
如果這樣才能止住你的謊言——

——那就這麼做吧。」
老兄，偉大的沙之主啊！我才應該是那個瘋狂的人啊！你到底在想什麼？
有德萊歐的日殿總比沒有日殿好，艾利克。
你父親是對的——日殿能制約御沙師。
假如他贏了，德萊歐會是個很糟糕的宗師主。但其他人——那些更好的人——會追隨他。
如果我可以改寫日殿章程，讓御沙師能賺錢養活自己，就連德萊歐也沒辦法廢止。
坎頓，你是我所認識最高尚的白癡。德萊歐會殺了你的，就這麼簡單。
他能控制二十五條沙帶，你只有三條。他一瞬間就能**打敗**你。
我一直在思考這件事。也許有辦法可以打敗德萊歐。
戴林，你能幫我做一個實驗嗎？
當然可以，宗師主。

我需要你做出一條沙帶。
現在穩住。
就這樣沒錯。讓它流瀉而出。
很好。你做得很棒。
穩住。
當我的沙帶尖端從側邊碰到戴林的沙帶時……
啊！
……戴林的沙帶變質落下，而我的沙帶仍然生氣勃勃。
宗師主，我很抱歉。你的沙帶一碰上來，我就無法再繼續維持我的沙帶了。
沒事的。現在你也對我試試看吧。
試試看吧。
宗師主，我不認為我可以……

就照你
說的。
戴林，我要你
把你的沙帶靠
近我的……
……然後朝
這一側攻擊
我的沙帶。
很好。
但你的沙帶塌毀了，
而我的還維持著。
沒錯。
戴林，現在
再試一次。

依你指令。
就是現在！直接攻擊我，做好準備。
倒抽口氣
它們……兩條都塌毀了。
沒錯，訣竅是要從側邊攻擊敵人的沙帶。
力量不是重點——如果你用沙帶尖端碰觸另一個御沙師的沙帶，就可以讓它變質落下。
沙帶尖端是能量集中之處——若和另一條沙帶相觸，就會干擾該御沙師對其的控制。
那就是為什麼在戰鬥中有更多沙帶是項優勢。假如你有夠多沙帶能抵銷敵人的沙帶，你就可以給予致命一擊。
要贏的話，你得學會控制更多沙帶才行。那是不可能的。
並非不可能，因為我已經做到了。只是現在我們不知道我是怎麼做到的。為什麼我現在可以操御三條沙帶？
你知道嗎，塔樓的士兵告訴我，鍛鍊肌肉的唯一方法就是要一直運動，直到肌肉痠痛。
要是唯一能控制更多沙帶的方法，是要過度操御呢？就向塔樓士兵鍛鍊肌肉時一樣？
你在說什麼？
艾利克，要是過度操御的危險性，是宗師們為了隱藏力量而撒的謊呢？要是我們都必須過度操御，才能提升我們的能力呢？

遠離瑞肯沙的短暫休息，讓我有時間計畫下一步以對抗薛贊——尼爾托的祕密身分。
泰恩，你來負責突襲賽船大會。
我們要等妳嗎，長官？
唉，我目前的任務讓我無法履行這裡的職責。而這件事不能等。
但我依舊心煩意亂，思緒飄向宗師主。他的樂觀讓我很難討厭他。如果他不是御沙師就好了，我也許能更容易支持他。
我抑制住升騰的怒火，專注在薛贊的案子上……
這是我們削減他利潤的最好機會。簿記員的紀錄顯示，上個月有大量資金湧入。
妳認為尼爾托在操縱比賽嗎？但如何辦到？比賽並沒有規律啊。
你再看一次。外側航道的獲勝次數比內側還多。不管是哪些船在航道上，它們都能突破困境、取得勝利。
尼爾托太聰明了，他不會為了一艘船而操縱整場比賽，但藉由控制特定航道，他可以穩定賺錢。
非常狡猾啊。我們會進行監視的。

妳有沒有聽說——拉孟恩在拘留期間達成一項協議。我們已經很接近了，艾伊絲。
但請允許我這麼說……我們很想念有妳一起調查的時候。
再**九天**我的任務就會結束了，泰恩——如果能就此根絕御沙師會很值得的。
薛贊已經走投無路，他很快就會犯錯。我只希望我能領導調查。
反之，我被困在給瑞肯沙和他那不神聖的日殿當保母的任務中。
我已經有好幾天沒見到我丈夫和女兒了，也無法參加可林禮拜儀式。
這一切結束後，我必須進行淨化儀式。但這會很值得——
「——因為這將是歷史性的時刻，御沙師的終結。」
資深追警，我們都以為妳放我們鴿子了！
我的職責是保護宗師主，而他還活得好好的。
說得好！
但你這次的拜訪——瑞肯沙，你怎麼會覺得商主肯同意見你？
他也許是克茲塔人，但他同時也是商人，而這是筆生意。
除此之外……他必須見我　這是**天職禮節**。
就我所聽說，商主不是太有禮貌的人——

「——不管是對於天職職業或其他事物。」
嘆氣
他們說要再等幾分鐘。
他們兩小時前就這樣說了。還是你沒聽到我的嘆氣聲？
也許我能找到方法打發時間。
呵。你才不會呢！
老友，你在懷疑我有多無聊嗎？
哈哈哈，才不是呢！
呀！
你在做什麼?!
竟敢在我辦公室施展你那不神聖的技藝！
商主，沒有法律禁止御沙術。

瑞肯沙，那很快就會改變了！
商主，你現在要見我了嗎？當然，我可以再等久一點，但這樣我就必須為自己找點樂子。
進來吧。我們越快談話……
「——我就能越快擺脫你。」
好吧，你想要做什麼？
無非是大人你的支持。
你是商人，非伊大人——而且是全落沙最具影響力的商人。生意可說是你的範疇呢。
因此，我相信我能提供值得大人你支持的東西。我準備要讓你擁有御沙師的——
我已經知道你和工匠主的協議了。
同樣的哄騙對我來說沒有用，瑞肯沙。我不能從你的御沙師身上賺錢——那是**不道德的**。
公會以前從不在乎道德規範。
和**御沙師**有關時就會在乎。
即使我傾向支持你，你知道我的人民聽說我投票**支持**日殿後，會對我做什麼嗎？

告訴我，追警——妳曾後悔過背棄妳的人民嗎？
如今妳和御沙師同行。彷彿妳還沒喪失靈魂一樣，妳非得要讓自己得到沙之主的盛怒嗎？
妳真是丟臉！妳的靈魂會在沙漠徘徊，被沙之主放逐！
妳不比他們好多少。事實上，妳還更糟——妳是我們的一員，但也是叛徒。
非伊，夠了！
坎頓……
這是在做什麼？你在我的辦公室威脅我？
你污辱了我帶來作客的女人，一個在廳堂裡備受推崇與尊敬的成員！
我恨你！
很好。你忠於你的宗教信仰。現在，忠於你的**天職**——
——我要花多少錢才能**買到**你的選票？

我寧願賣掉
我的靈魂！
現在——滾！
滾出去！
我賭非伊
一定還嚇
得發抖。
自從上次見到
你，你變得更
邪惡了呢，
艾利克。
我想日面上的落沙人
看到非伊感到不安，
都會感到有趣吧。其
中有一半的人大概都
欠他錢。
別再那樣
做了。
做什麼？
為我挺身
而出。
哼！要是能安慰到妳的
話，前輩，我想那是那
場談話唯一、也只可能
如此結束的方式。
不管怎樣，無論你怎
麼想，無論情勢看起
來如何，我都不想要
你的幫忙。
我就是說不贏
妳，對吧？
我以為很
明顯。
振作一點，坎頓，事
情會變得更加明朗
的，只要我們……

「……回到日殿。」
宗師主，這位信差剛抵達來找你。
先生，你帶來什麼訊息？讓我看看。
是來自上將主的邀請函。他要舉辦一場舞會……以我的名義！
戴利留斯寄的？他最好有邀請我！
這……沒提到你。你能相信嗎，它寫到我應該帶上我的**「暗面美女」**。
嗯，她是很漂亮沒錯。
那不是重點。
告訴我，先生，你還曾帶來其他訊息嗎？這是先前留下的，但不知出自何處。
不是我，先生。
這是從哪來的？
在日殿大門找到的。前輩，妳看得懂嗎？
是的，這訊息**是留給我的**。
他一定知道我會以某種方式收到這封訊息。
他？**誰？**
揉
這……關係到另一項調查。不是你該擔心的事，瑞肯沙。去忙你的事吧。

第五十九天，第九時辰。
我們終於找到合適的住宿，而且謝天謝地，是午餐時間了。
公爵夫人，您有訪客。
是你！
哈囉，克里絲薩拉。妳過得好嗎？
我正要吃飯。
那別讓我耽誤妳吃飯。
妳看起來好像……更高了。好奇怪的鞋子啊！
叫做**跟鞋**。暗面大多數的女人都會這樣穿。
為什麼？
我不知道。為了看起來更高吧。
告訴我——你有什麼進展了嗎？
不太多。剩下八天，只有一位塔沙承諾會投給我。
其他人從猶豫不決到極端**不友善**都有。
唔，當你還在深沙區玩耍時，我和乞丐主碰面了。
更別提要試著討好他們的群眾。
然後？
我們已經達成協議。

只要證明日殿對人民有利，乞丐主就會左右他們的意見。
艾夏的！看來妳一直在為此忙碌。我不知該如何感謝妳。
假如日殿度過這關，只要你信守承諾，讓我帶御沙師回暗面就好。
公爵夫人，我保證。
我來是想給妳看這個。上將主要舉辦一場舞會。
他邀請我參加，並要求妳也一起出席。顯然妳讓他印象深刻。
顯然如此。看來你還是有點進展的。
也許吧……
妳居中與工匠主協調的折衷方案意義不大，除非我能找到方法償還日殿所欠的債務。
御沙師沒有錢嗎？
沒有……
希里絲告訴我，公會仍會向日殿獻上貢金，就如他們過去幾十年所做的一樣，每一季會有兩萬五千拉克。
你不是跟我說日殿**從不**支付任何費用嗎？
所以，既然御沙師根本不需要錢，從沒使用過貢金……
……那他們把這些錢藏在哪裡？

沙術與星痕的關聯？

在凱薩雷找到少數幾本記載御沙術的書籍中，都將御沙術歸類為玄奧的技藝，其祕密被嚴格保守。但據我的經驗，就算是無形的元素也能被研究與觀察，就如同其他的自然現象。

御沙術發光的顏色來說，根據手稿和雕刻作品，沙帶會發出黃色與橘色的光芒，藝術家試圖僅用顏料展示出其難以描繪的特質。確實，在日光下觀察的話，御沙術呈現黃白色，但更進一步檢視則可發現和珍珠母一樣閃閃發光，斑斕色彩在受操御的沙上變幻流動。這種現象在黑暗中更為明顯，而黑暗在面實屬罕見。由於御沙術極少發生在黑暗中，觀察到此現象的紀錄並不多。

色變換時，我幾乎能辨認出每個星痕的顏色。有沒有可能，御沙術所發出的光芒是星痕所有顏色的混？如果我能取得稜鏡，也許可以驗證這一點並做進一步研究。這項關聯給了我希望，儘管在日面上是陽為白沙充能，也許在伊里斯有別的方法也能為它充能。

進一步的沙日實驗

據之前太陽對白沙之影響的觀察，我發現了我在先前紀錄中提到，可能與無形力量有關的某項東西。將黑沙放置於陽光下，並遮住一半。
小時過後，被遮住的部分仍是黑色，而受陽光照射的部分再次變成了白色。

遮住一半

四小時後，移除遮蓋物

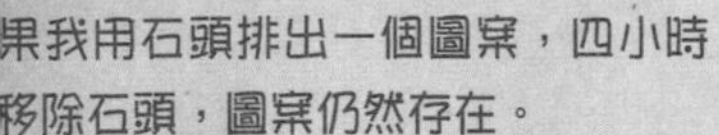

果我用石頭排出一個圖案，四小時移除石頭，圖案仍然存在。

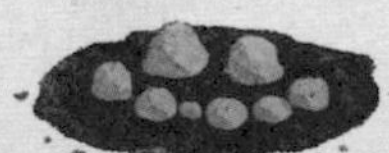

讀過有關日面現象的資料，有時候囚犯在黑暗的地牢中，會有僅針尖般大小的陽光才能直射進來的經。所以我用一個箱子蓋住黑沙，並在箱子上頭戳了一小洞讓少量日光可以照進去。四小時後，我移開子並發現這個：

完美呈現出（鏡像）我從針孔抬仰望能看見的建築樓頂，以及空的一張臉。這無法打敗史卡森，必須進一步研究。而且，那張臉什麼？人們似乎能在雲中看到什，但這有點令人不安。

需要接觸更多願意展示自己能力的御沙師。這能幫我具體了解該如何將御沙術作為抵抗史卡森的武，也能幫助我了解御沙術的運作原理。我所發現的星球異常現象、星痕與御沙術之間肯定有某種關。就如同生態系彼此相關、交織與共生，這種使我們的星球保持在軌道上的潛在力量，是否也為看似乎自然秩序的——我敢這麼說嗎？——魔法元素提供能量？

第十一章

派對政治

坎頓，我們正在吃午餐！你是要去哪裡？
妳說得沒錯！數十年來的貢金一定在**某處**，我想我知道要去哪裡找。
我不懂。你們怎麼會欠債——
啊！
給我走路看……
……路。
公爵夫人，妳在和誰說話？
看看周遭，坎頓。事情不太對勁。
保持警覺。距離上次被襲擊……

……已經有一段時間了！
咻
咻
咻
咻
咻
咻
更多的刺客！這很快就變得有點老套了呢！
胥拉啊！坎頓，說王朝語！
公爵夫人，我能否建議您晚點再來擔心語言障礙呢？
瑞肯沙往這邊走了——
咻
——啊啊啊！

我向後跳進小巷……
……但現在貝昂身處在交戰火線上……
貝昂——
——小心！
重踢
事態不妙。貝昂倒下了。不知道艾伊絲人在哪。我低身躲開，呼喚白沙，把它塑造成……
……我大致的模樣。

咻
咻
咻滋滋
鏘
你們忘了和御沙師對戰的第一守則——
鏘
滋滋滋
——雙眼始終要盯著沙子。
艾夏的！這傢伙學得比我預料的還快。

所以，瑞肯沙，
現在怎麼辦？
我要做某件妳
可能會認為是
異端邪說的事。
你的存在本
身就是異端
邪說！
克里絲稱貝昂的武
器為……手槍。
等我們逃離這場
混亂再來討論那
個，好嗎？
我指揮沙帶
去撿起手槍。
何必呢？你覺得你
要如何說服我，來
將錯誤的事情變成
正確的？

有道理！
我的沙帶在敵人身後舉起手槍，接著沙帶滑過扳機。是這樣操作的，對吧？
啊！
唉呀！
喀砰！
喀砰！
咻
呀啊啊！
上次你讓我**措手不及**，刺客。
就讓我來回敬你。
嘶啊啊啊！

看到了嗎？
這刻痕還很新。
可林教大祭司懸賞我的項上人頭，但這是第一位試圖殺了我的落沙人。
艾卡最近承諾，如果落沙信徒將自己奉獻給他，他就讓克茲塔的家族**收養**他們。
我想這個傳聞現在恐怕是真的了。
所以，我不只是被近代歷史上最狂熱的艾卡追殺，他同時也是心胸最開放的人？
這位新艾卡很不一樣。他有一些奇怪的點子，而且決心要贏得**大選**。
如果他讓落沙人加入，他的戴金將會成長得更快，讓他坐擁更多力量。現在，**你**是唯一阻礙他的人。
他告訴克茲塔人民他已經摧毀了眾位宗師，但**你**卻死裡逃生。你繼續存在的這個事實，讓他看起來像個傻瓜和騙子。
怪不得他想要我死。
為什麼每次我和你去某個地方，我都差點送命？
日面人，你該坦白了。為什麼每個人都想置你於死地？
妳說得沒錯，克里絲薩拉。妳和妳的朋友與我共患難，所以……我**的確**欠你們一個解釋——

「——在我們之中有人喪命前。」
我母親是暗面人，而我父親是宗師主。日殿有些人說，這就是為什麼他的孩子**沒有御沙天賦**——因為我母親的緣故。我非常想加入日殿，證明他們錯了。
嚴格來說我是加入日殿了，但其他學員能做到的事對我而言並不容易。所以我花無數時間去磨練技巧，直到我能做到其他御沙師做不到的事——但都只是瑣碎的事，就只是**把戲**罷了。
我很想要給我父親留下好印象，我想在某一刻，那股渴望變成了一種**難以抗拒的衝動**。
我還沒有和他和解，他就遇害了。
我們在克拉的沙上被突擊。那是個圈套。我依舊不知道原因，以及是如何發生。
我的父親，我的朋友們……幾乎所有人都死了，克里絲。
我們無力**阻止**。有一段時間，我甚至不確定是否還保有自己的力量。
你是說我們初見面的時候嗎？你以為自己失去了力量？
對，事實上我真的沒了御沙術。但也許是我**過度操御**或……我不知道。一切都很混亂。
可以肯定的是，我一定要設法修復日殿。我們和他人太疏遠了，沒注意到所有派別團結起來反對我們。
而現在這位新的艾卡在可林教信徒間煽動對我們的仇恨。我快沒朋友了，克里絲。
坎頓，我是你的朋友——

我們會想到
辦法的。」
你說你早就知道宗師們有留下錢是什麼意思？
這個嘛，你肯定會希望我把行囊放在這之前，先檢查一下房間吧！
我第一天就找到了這個——一個祕密抽屜，看到了嗎？
喀拉
這大概值得八百拉克，我猜。
這沒我預期的那麼多，況且已經放了那麼多年了。
也許其他房間還有。
我們去確認吧。艾利克，你負責這裡，然後往右依序檢查。我會往左。
克里絲、貝昂——你們能檢查對面陽台的房間嗎？
貝昂，你聽到他說的了。我們開始行動吧。
身為您的保護者，我堅持您讓我來做吧。

喀拉
退後，公爵夫人——這可能是**陷阱**。
我還是不贊同此事……
知道
坎頓，這大概只有**五千拉克**。
和我們所欠的**五百萬**相差很多。
所以剩下的貢金都去哪了？
我們陷入了死胡同，所以只好先回到住宿處重新開始。
看起來日殿身陷只有他們自己能處理的難關，公爵夫人。這有可能敗局已定。
但**御沙術**並非如此，貝昂。今天我們看到坎頓怎麼用御沙術對抗了那些刺客。假如史卡森打算進攻伊里斯，那種力量會非常有用。
御沙術也許不是坎頓面臨的問題解答，但或許能解決我的問題。是時候做我最擅長的事了——把東西拆開看它們如何運作。

第五時辰，凱薩雷這區的居民依舊沉睡著。我的自制力正在下降，我用我唯一知道的方法……
……來尋求平靜。
這世界似乎靜了下來，有一片刻，我在沙之主面前獨身一人。
沙之主保佑我。
沙之主看顧我。
沙之主指引我所做的一切。
願主在這一天原諒我，我的責任迫使我成為瑞肯沙的保護者，與祢的教義相違背。
願主在這一天原諒我，我的責任迫使我殺人，即使我讚賞他們的動機。

艾卡最近宣告落沙可以獲得神聖地位，就和克茲塔一樣……如果不是有日殿存在的話。坎頓是唯一的阻礙。
而我在保護他。
原諒我。
難怪我的情緒在體內洶湧澎湃，隨時都有可能爆發。
艾伊絲？妳在上面嗎？
梅里斯，我不知道我怎麼了。我一生唯一想要的就是擁有控制權，但它似乎也是我唯一無法獲得的東西。
親愛的，妳有沒有想過，也許這就是沙之主為妳安排的？
祂想讓我感到失控？沙之主想教導我什麼？
神、法律和家庭一直以來都是我生命穩定的三大支柱。但如今其中兩個彼此對立，而第三個有危險……
我希望你們能離開凱薩雷。
這裡對你們來說不安全。

真的有這必要嗎？
薛贊太強大了。我無法保護你們。他知道我們會去突襲賽船大會，他在我們抵達前就離開了。
他留下一張字條。泰恩把它交給了我。
帶著小梅走吧。去買前往南方的船票，別告訴我目的地是哪。去那裡的裁決廳，告訴他們你是誰。
向他們請求庇護，在收到廳堂法官說薛贊已被逮捕的消息之前，你們都待在那裡。
但……那可能要**好幾個月**！
我們就快逮住他了，梅里斯。這是薛贊第一次逃跑。
替他出主意的人有一半都在監獄。他的組織瀕臨崩潰邊緣，而且我想我知道他是**誰**。很快就會有人抓到他。如果不是我們，那就是他的某個對手。
我不想要沙之主為我們安排的這一切，梅里斯。
但我要看到薛贊被逮捕，無論我還被賦予了什麼任務。

你離開是對的。
你並不是要**拋棄**他。
說實話，他根本就不需要你。
「坎頓也許根本不記得有給過你這東西。」
這把劍太貴重了！坎頓，我不能收
你和父親談過話，完成了你來這裡要做的事。現在該再度啟程了。
你知道，如果你不繼續前進會發生什麼事，對吧？
──繼續打包。
……
喔，快啊，艾利克。別**這樣**。
你可以的，艾利克。很快有一天，你會成為**將軍主**，而我會成為**宗師主**！想想我們能做到的事！

前的艾利克只剩下這把空劍鞘。為什麼我沒把它和過去常佩帶的那把劍一起丟掉？
這些年來，坎頓仍然以為是**你父親**把你逼走的！他完全不知道。
你以為他改變了，但他沒有。他還是會找到方法利用你來達成他的計畫。
他在乎的只是**他的**鬥爭，**他的**成功。
除了……
什麼？說啊！
他這次是在做一件高尚的事。拯救日殿，提議和德萊歐決鬥好團結所有人。
他會需要我的。
你是個**傻瓜**。一個不知道何時該離開的傻瓜。
要留就留下吧，但你會不知不覺**變得和他們一樣**，發號施令就能決定一個人是生——
「——是死。」

我看到妳重新布
置妳的房間了，
公爵夫人。
你看看這個，然
後跟我說你看到
了什麼。
我想是一塊甲殼。
沒錯。現在我換成第
二片。你現在看到了
什麼？
一樣的東西
啊，公爵夫
人。
不，第二片不
是甲殼，辛德。
是沙。
現在，你再看看
這個。告訴我你
看到了什麼。
嗯……日
面沙。
被水潑過的
日面沙。
第三個是
暗面沙。

除了最後一個，其他都對。這可不是一般的暗面沙。這是沙蟲吃下肚後排泄出來的**日面**沙。
沙蟲排泄物？
算是吧——
「沙子在經過沙蟲食道之後，看起來就會像暗面沙。」
日面沙顏色的差異並非源自其成分組成，而是來自**覆蓋**在沙上的物質。
沙上有一種非常薄但有彈性的薄膜，它在遇水時會變成黑色。然而，如果沙蟲將沙子吃下肚……
……薄膜就會被消化掉。我曾想過為什麼這些沙蟲可以靠吃沙過活。
在暗面，滿地都長著**地衣**。也許這是同樣道理，只不過是日面的版本。
這就代表它是**活的生物**，而生物需要**水**才能存活。
但沙蟲似乎不需要水，所以這種地衣有可能也不需要。也許沙上的地衣就像具保護功能的甲殼。
不過，它卻不完全像甲殼。當你朝它潑水，它並不會溶化——
——注意看。
遇水時，沙子會釋放出**光芒**。

同樣的**珍珠母**光芒，
就和御沙師所控制的
沙一樣。
除此之外，就像它之前
那樣，沙子在被御沙師
操御後也會變成黑色。
但這代表
著什麼？
我不知道，
但這**的確**很鼓舞人心。
我們可以把沙帶回伊里斯。
可以在我們自己的沙上
培養地衣，再像御沙師
一樣操御。
我打算弄清楚這一切
是怎麼運作的，辛德。當我們
回到伊里斯時，我們會有
史卡森前所未聞的武器。
是個很有價值的
目標呢。願神聖
看顧妳，夫人。
謝謝你。
貝昂，你願意
稍留片刻嗎？
你來自**伊埃立亞**，
你說你曾見過**史卡森**。
關於他的傳聞是真的嗎？
關於他的……**能力**？
您是指
他的**魔法**嗎？
我逐漸意識到我們
所謂的魔法，比我
所想的還要真實。
我曾見過皇帝
做出一般人不可能
做到的事。
公爵夫人，在我還小的時候，
史卡森看起來二十多歲。我離開
伊埃立亞時，他看起來和以前
一模一樣。
歷史說他好**幾百**歲了，
我也這麼相信。

儘管你很悲觀，但你一直都相信我們會找到御沙師，對吧？
沒錯，我的確有過懷疑。現在，我會退下讓您為戴利留斯大人的舞會做準備。
謝謝。
但是，貝昂，為什麼我覺得你並沒有告訴我所有實情？
第十三時辰
你打扮得滿體面的，宗師主。
謝謝妳，公爵夫人……
……請容我這麼說，妳對於服飾的選擇很……不落俗套。
那不跳舞嗎？
跳舞？為什麼要跳舞？這裡大多數人都已經結婚了。
你很幸運在日面上看不到我的星痕……所以告訴我，我對上將主的派對該有什麼期待？
說實話，我不知道。我預期會看到許多凱爾辛試圖達成商業交易。派對其實只是做生意的藉口。
宣告——日殿之宗師主與伊里斯的克里絲薩拉公爵夫人到來。

宗師主，你的隨從
必須在僕人營帳內等待。
當然。
不，我會代替
希里絲法官出席，
她很遺憾無法到場。
我很抱歉，
女士——
——我沒有
注意到。
我幾乎沒怎麼留意
傳令官的失言，因為我
看到一張既熟悉又扭曲
的臉龐離開派對……
我接受
你的道歉。
尼爾托？
你要
做什麼……？
宗師主！
我還在擔心
你可能不會來了！
克里絲，這位是
戴利留斯上將主。
這是他的派對，
他邀請了我們。
多有趣的
服飾選擇啊——
比你之前穿的……
鬼東西要時髦太多了。

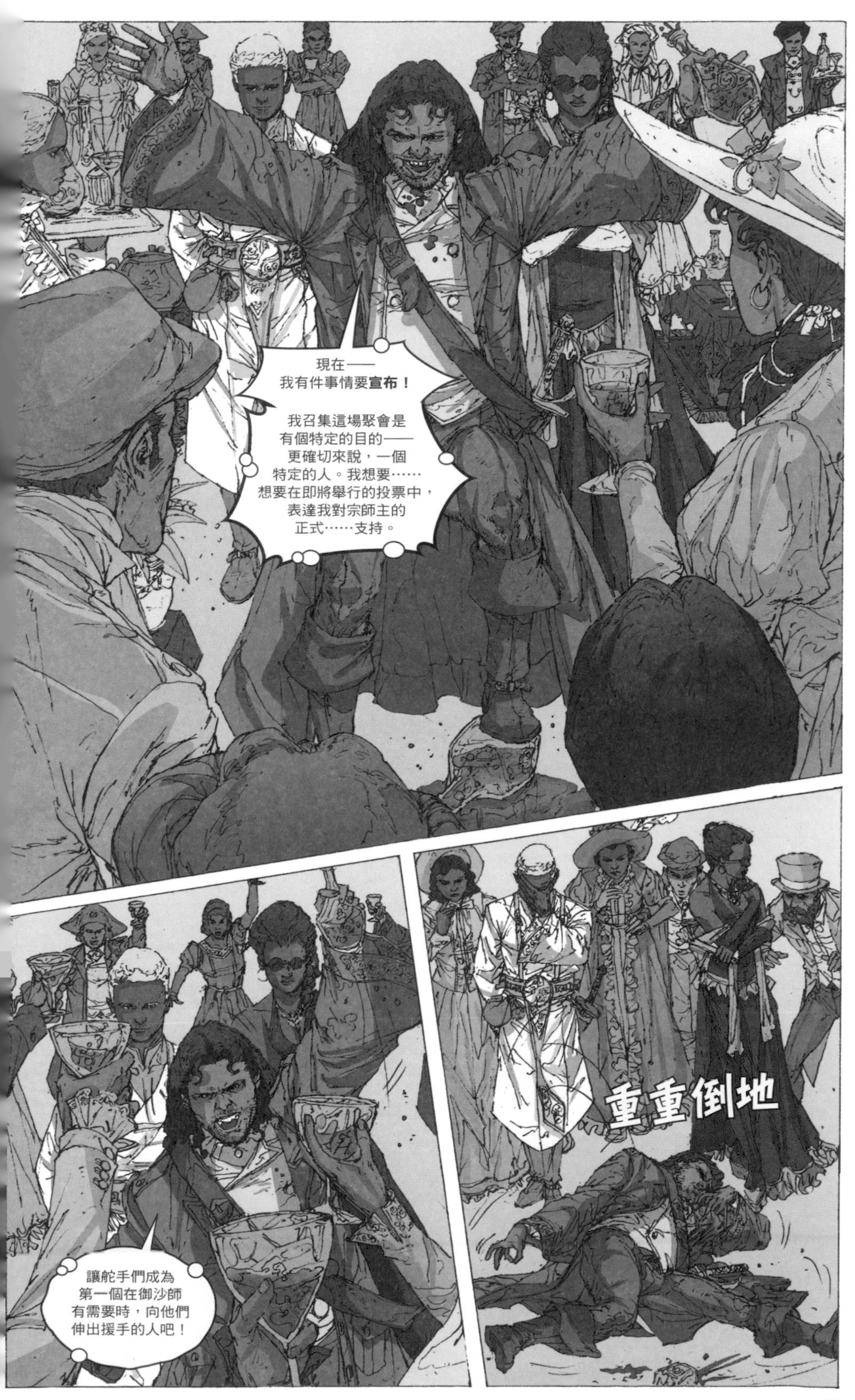
現在——
我有件事情要宣布！
我召集這場聚會是有個特定的目的——更確切來說，一個特定的人。我想要……想要在即將舉行的投票中，表達我對宗師主的正式……支持。
讓舵手們成為第一個在御沙師有需要時，向他們伸出援手的人吧！
重重倒地

那就是
上將主？
典型的戴利留斯。
全落沙唯一一個
能在派對開始前
就醉倒的人！
戴利留斯總是和
委員會的其他成員投
相反票，尤其是商主。
只不過幾天前，
他才跟我說他會完全
遵照這個模式，只會在
非伊大人投反對票的
前提下支持我。
我想知道
是什麼讓他
改變了主意。
無論原因是什麼，
我覺得凱爾辛們
不會喜歡這樣！
好個驚喜啊。
來吧，我們應
該要多多交際。
我們
應該要嗎？
人們在這種
場合都是這樣做，
坎頓。你什麼
都不知道嗎？
嘿！妳……
妳該不會真的很
享受其中吧？
你知道嗎，
這麼久以來
第一次——
我真的
覺得我是！

面飲食

東（ZaiDon）

柔軟、有嚼勁的肉乾，與日面主食一起食
利用水將沙蟲（無論大小）與甲殼溶化成棕
糊狀物後，用香料調味，並放置於日光下曬
這種肉乾有的厚，有的薄，咀嚼時會在嘴中
，這種感覺我還不太習慣。

：有些沙蟲味道更好，風味從奶油味到野味應
有。

註：盡量避開一種用艾沙溫（ashawen）這種
黑色粉末調味的宰東。這是一種很受歡迎的
塔香料，但我覺得難以下嚥。

菜

多數的蔬菜，尤其是在克拉，都生長在沙塵表面下。
的農田，可能看起來像是守護著沙丘的牧人營地。

麵包

由長在瑞多阿里河兩岸沙土上、發育不良的穀物製成。麵包種類包括一種叫克藍（klam）的長方形扁狀麵包，以及鹹甜口味皆有的麵包蛋糕。

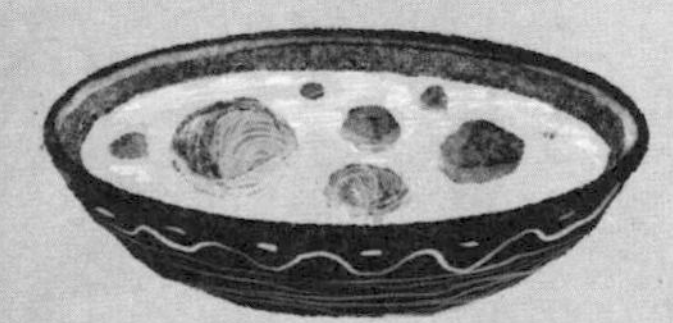

料

東、麵包和蔬菜通常會和各種醬汁、蘸醬、酸辣醬和橄欖醬一起食用。
中有些非常美味，例如白醬吃起來帶有甜味和一點蒜味。
他用艾沙溫與別種辛辣的克茲塔香料製成的醬料，我則是會盡可能避免。

湯品

湯是冷湯──幾乎是冰的──我必須承認，考量到日面的高溫，冷湯讓人感覺清爽。湯裡有添加宰東使其質地變濃稠。通常也會加入大塊新鮮或醃製的蔬菜。

品

是在日面上的首選飲品，在瑞多阿里河或有多苓藤生長的地方都可輕鬆取得。

萄源自於暗面，不易在高溫中生長，且必須時常澆水，也需要在藤蔓看似枯萎時用便攜式篷布為遮擋陽光。這裡有葡萄園，專門出產用於製作葡萄酒與甜點的葡萄和葡萄乾，但和我所習慣的多水果相比，這些葡萄和葡萄乾都很小，像漿果一樣。（我對坎頓開玩笑說暗面種的是葡萄，日面的是葡萄乾。他不是很開心。）

面葡萄酒不僅價格昂貴，也很難尋得。德薩（detha）是一種產自落沙南部的氣泡飲，口味溫和爽。

具

式鍋碗瓢盆、杯子和餐具不能用未經處理的甲殼製作，否則遇水會溶化。
這個不缺沙的國度裡，大多數的餐具都是用玻璃和陶瓷製成，也有非常稀有的水晶製品。

第十二章

徹底轉變

我想你很受
其他賓客的歡迎。
不是我，
是妳。有錢的
凱爾辛只不過是
在忍受我罷了。
好吧，
至少他們
很有禮貌。
希望我已經讓他們了解
日殿能如何為落沙帶來繁榮。
根據我的經驗，貴族的確
喜歡繁榮昌盛。
哈哈哈！
我的經驗也是
如此。
我稍早忘了說——
我喜歡妳裙子上的
金色點綴。
這個呢，我想最好要統一
戰線，畢竟我方代表團支持
御沙師這一天職的存續。
說到這個——
——**御沙術**
是怎麼運作的？
能讓我看看嗎？

我**不能**。
如果妳通過御沙能力測試，我們會希望妳能加入日殿。
此外，我們從沒測試過暗面人。我們甚至不知道暗面人是否有**可能**御沙。
你就可以。
我只是**半個**暗面人。
難道你一點都不好奇嗎？
要加入日殿是有規則的，待在日殿有規則，行為舉止也有規則。
你是在說**傳統**吧。坎頓，現在你是宗師主，那些都可以**改**——
坎頓，孩子——
——想必你們兩位沒有被趕到旁邊自己吃飯吧！
我們自己決定待在這裡的，上將主。
你何不加入我們呢？
克里絲，上將主會和我們一起用餐。

恐怕我得
先道歉——
——我特別請你帶
公爵夫人來見我，
結果卻沒有介紹自己
的機會。
他為沒能早點
自我介紹而道歉。
告訴他
該道歉的是**我**。
我應該要向東道主
介紹自己的。
坎頓接著翻譯……
希望妳有在這
派對玩得開心。
這是場很不錯的
聚會，大人。
根據日面還是暗面
的標準？我經常聽說
暗面人比我們要
更文雅。
以**我的**標準來說
很好，大人。這對我
來說才是最重要的。
回答得好。
那麼你呢，
宗師主？
派對很愉快。
我只希望貴天職的
各位大人能更接受我。
我想御沙師幾世紀以來
的傲慢對我很不利。
如果他在幾週後
贏得大選，他計畫要
減緩克茲塔和落沙
之間的貿易。
是沒錯……
但，這有可能
是因為**艾卡**。

然而，聽說艾卡會撤銷他的貿易禁令，如果落沙願意聲明放棄……**不神聖的過去**。
你是說和御沙師斷絕關係吧。
就是如此。傳聞說如果落沙擺脫了御沙師，艾卡甚至願意為此獎勵落沙——
——取消可林禁忌，允許經由水路運輸的貨物。
白沙的！難怪那些凱爾辛會討厭我！很驚訝他們竟然還沒試圖暗殺我。
凱爾辛一定不會把你的支持聲明放在心上。你為什麼要這麼做？
嗯……我想你應該不知道舵手是怎麼選出上將主的吧。
姑且先讓我們不談這個。
現在，我要去交際了。想吃什麼就吃吧，幫我浪費一些酒。
坎頓——
——那男人不單純只是個酒鬼。至少他有潛力做得更好。
我知道。當他說到酒時他用了一個字——**浪費**。感覺很……格格不入。我想他是想要告訴我什麼。

所以……我們
本來在說我想知道
有關御沙術的事。
哈！想得美，
公爵夫人。
你在害怕
什麼？你以為
我要做什麼？
我沒在聽，
也不會告訴妳！
那是
尼爾托嗎？
沒錯。
也許他來晚
了。
你的同伴是
在說尼爾托嗎？
我一開始就看到
他了。我們一到他
就溜了，幾分鐘前
才又出現。
也許他也討厭御沙師。
那是他所代表的人民
普遍的心聲。
克里絲，妳說
妳和他達成了協議。
我們該去打聲招呼嗎？
不……
我們直接
走吧。

宗師主，我不是
要抱怨——
——但日殿
太遠了，我無法
免費載您一程。
不是免費。
我正在實施一項
新制度——
我會付錢的。
真的？
讚美沙之主啊！
你有聽到喊叫聲嗎？
那裡發生了什麼事？
我看看
……？
在這裡
等著！

這裡發生了
什麼事？
我——
我很抱歉，
大人！我不是
有意要驚擾您！
胡說！
發生了什麼事？
大人，沒什麼
好擔心的。

救命！
救命！
那底下有
工人受困？
求您了，大人。
別懲罰他們。不是
他們的錯，而是我的。
我們無意打擾您。
建築工人怕我。
他們全都怕我。
我不該這樣做的。
御沙師鮮少用自己的
力量幫助日殿以外的
人——
喔白沙啊，
喔白沙啊……
——因為我們
一直以來都是
傻瓜！

請不要
傷害我們！
我的沙帶只能承受
這麼多的重量
和壓力……
……但
今天——

——必須
要足夠！
喀～～～

嘎～～～

感謝
沙之主！
讚美
沙之主！
隆隆
呃啊！
我脫水了。

我可以感到自己
體內逐漸脫水。
我勉強
自己——
到如此危險的程度——
——為了那些
害怕我的人們。
大人
……
謝謝您。

你叫什麼
名字？
特雷，
先生。
好，特雷。如果下次
再遇到這種問題，立
刻派人來找我。
是的，
大人。

很好。
克里絲？妳不該跟著我的……妳有可能會直直走入試圖殺死我的陷阱中啊。
他們今天不能攻擊你，是你跟我說的，記得嗎？
嗯……理論是這樣啦！
你這麼做很高尚。
這才是我們一直以來該做的。

1. 凱爾茲（Kelzi）為凱爾辛（Kelzin）的單數型，即落沙的上層階級。

第六十一天
公爵夫人，所以不可能嗎？
事實如此，貝昂。要有硝酸鉀才能做出火藥。我也許能夠做出一點，前提是有時間的話——
——但我打算一知道御沙術的祕密後就回去暗面。
儘管現在坎頓很沒必要地一直阻撓我，而且那該死的**語言障礙**意味著，我無法輕易和其他御沙師交談。

你手槍裡還有多少發子彈？
六發。您想要我對坎頓開槍，直到他願意妥協嗎？
哈，不是！
雖然我想如果你要射任何東西，恐怕必須先精通辛考氣箭才行。
現在，我們來看看……
滋滋滋
那是……**甲殼**嗎？
沒錯。外殼表面和葡萄酒的酒精起反應，轉變成某種不溶於水的物質。
真有用的過程。

……
貝昂，你從哪裡拿到你的槍的？
我……取得了它們。
貝昂，那些是伊里斯軍官用的手槍。你從哪裡拿到的？
我不認為您會想知道。
那些是狄瑞隊長和他的中尉會佩帶的軍用手槍——那兩人在你去偵查的那晚被殺了。
貝昂——你殺了狄瑞隊長嗎？
對。
是王朝派你來伊里斯的嗎？
沒錯。

喔，胥拉啊！他們派你來**阻止我**找到御沙師，對嗎？
我不確定「阻止」這個字夠不夠強烈……
我們回來了，還帶著硝酸——星辰的，這裡發生什麼事了？
神聖的——
倒抽口氣
喀嘶
貝昂！你是在威脅公爵夫人嗎？把槍放下，**拜託！**
所以惡魔虎總算展現他的真星痕了……

那麼，就這樣了。日安，公爵夫人。
他本來大可**殺了我**的，但這些時間以來，他只是等待。他為什麼要這麼做？為什麼要等？
貝昂一直都是個很難捉摸的傢伙。所以公爵夫人，現在該怎麼辦？
我就快能理解御沙術了。隨著貝昂的離開，是時候要加快我的研究了。喔星辰啊，我希望這看起來沒這麼絕望。
……
我想我需要和坎頓……
「……談談。」

坎頓，我的朋友，
聽說你昨天在城裡
引起很大的騷動。
他們說你要從事
建築業了啊。
你應該要說些
很官腔的話，
你知道的。
說得對。
例如……沒有
比現在更好的
時機了之類
的……
現在，你們無疑都已經聽
說我昨天在城裡做了什
麼。日殿的時代正在變
動，我們需要改變，否則
將冒著風險，變成無關緊
要的存在。
我們不會再繼續
躲在規則和傳統
的神祕面紗背
後——
——御沙師要走出
去，服務……
砰
……人民？
宗師主——
——我下定
決心了！
我準備好
要成為御
沙師了！

（未完待續）

少師測試

術測試充滿神祕感，但實際上卻十分平凡。大多數情況下，日對八至十二歲的孩童做測試。

員手握一把沙，監考官鼓勵他們集中注意力，感受手中的每一，在心中呼喚沙子並將體內的水給予沙子。如果沙子活了起新成員就能成為日殿的學徒，而沙子的反應強度通常也是很好標，能顯示出學徒將來有可能成為多強的御沙師。

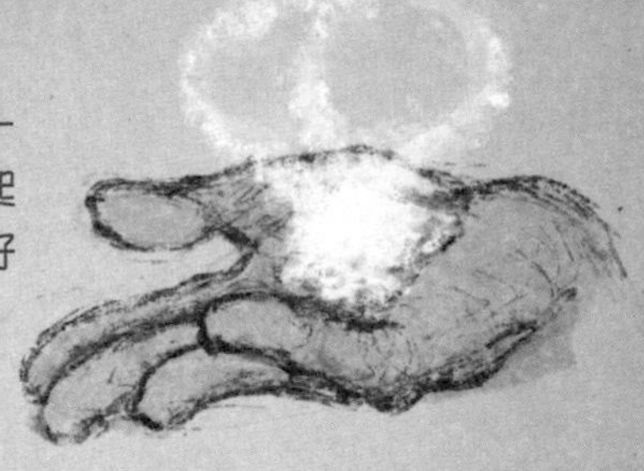

控制十五條或更多沙帶的學徒，會受到宗師密切的關注與指導。當學徒充分發揮其潛力，意思是他發展過程中能控制的沙帶數量無法再往上增加後，他們可以在日殿中申請階級。那些受到宗師親自導的學徒，被賦予同樣的階級是很常見的情況。

有所謂自發性的御沙師，而且只有宗師才能執行測試。就像是必須要由一位已有此力量的人，介紹這力量給他人，然後由力量本身來選擇解鎖的對象與程度。這在日殿的紀錄中有詳細記載，也讓我聯想量刻被發現時的情況。

項知識讓克茲塔的大屠殺更加駭人，因為若他們殺了已知的所有御沙師，那麼理論來說，這項能力就會完全從沙上消失。

爾也會有御沙師被逐出日殿。與其讓他離開日殿，有機會找到並訓練其他御沙——因而為日殿打造出一個對手——日與這些御沙師簽訂可以約束他們的契約、禁他們，或實施嚴格假釋。如果他們被認是危險份子，會有一個處理程序能燒掉他御沙的能力，但人往往也會在此過程中喪。

何叛逃的御沙師都會受到日殿菁英團的追，坎頓對此一如往常閉口不談。

中英名詞對照表

A

a'keldar / a'keldarin(pl.)　艾可達／艾可達林(複數)
Aarik　艾利克
acolent　學從
Ais　艾伊絲
AisDa　艾斯達
Aisha!　艾夏的！（感嘆語）
A'Kar　艾卡
Allstren Cynder　歐思傳・辛德
Artisan Central Studio　工匠中央工作室
ashawen　艾沙溫

B

Baon　貝昂
Border Ocean　邊疆海
By the divine　神聖的（感嘆詞）

C

Choosing　大選
Company of Masons　石匠工廠
crime lord　罪爵
Crowns　冠幣

D

Daazk　達茲克
DaiKeen　戴金
Dayside　日面
deep sand　深沙區
deep sandling　深沙蟲
Delius　戴利留斯
DelRak Naisha / DelRakin(pl.)
　戴蚋克奈沙／戴蚋金(複數)
detha　德薩
Denka　鄧卡
Deral　狄瑞
devil-tiger　惡魔虎
Diem　日殿
Diemfen　殿分師
Dirin　戴林
Djodjen　迪喬延
DoKall　多卡液
Doril　多莉爾
dorim vine　多苓藤
Dosha-Har'Ken　多沙賀肯
Draft of Artisans　工匠草圖
Drile　德萊歐
Dynars 君幣
Dynastic / Dynasty　王朝語／王朝

E

eedsha　亦沙
Elis　伊里斯
Elorin　艾洛林
Esh'Ker'Losh　艾胥可落胥
Eye of Ridos　瑞多斯之眼
Eye　明眼

F

Farmers Congress　農人協會
Fen　分師
Field of Farmers　農人田野
Flennid　芬尼德

G

Gevalden / Gevin　蓋夫登／蓋文
Golden Market　黃金市場
Grelin　圭林
Gremt / Big Head　格雷姆／大頭
Guild of Merchants　商人公會

H

Hall of Judges, Tackts, and Scribes
　法官、追警與書吏之廳堂
Hall of Judgment　裁決廳
Heelis　希里絲
Helm of Shipowners　船東舵輪
Helm's Rest　舵手之息
Hennin　赫寧
High Judge　大法官
High Merchant　大商主

I

Iiaria / Iiarian　伊埃立亞／伊埃立亞人

J

Jedan　杰登
Jon Acron　瓊恩・艾奎恩

K

KaDo　卡多
Kalgin　*凱爾晶號*
Kamo　卡莫
KaRak / KaRakin(pl.)　卡蚋克／卡蚋金(複數)
Karmat　卡麥特
Karshad　卡沙德語
KelThrain　凱爾日瑞安
Keldar / keldarin(pl.)　可達／可達林(複數)
Kelzi / Kelzin(pl.)　凱爾茲／凱爾辛(複數)
Kenton　坎頓
Ker Kedasha　克可達沙
Ker'Naisha　可奈沙
KerKor　*《可蔻經》*
Kerla　克拉
Ker'reen　可林教
Kerzt　克茲
Kerzta / Kerztian　克茲塔／克茲塔的；人
Keshdel　凱許代爾
Kezare　凱薩雷
Khrissalla / Khriss　克里絲薩拉／克里絲
klam　克藍
Kli / Klin(pl.)　可禮／可禮恩(複數)
KraeDa　克瑞達山

L

Lady Mason　石匠夫人
lak　拉克
Lestrell　少師
Loaten　洛潭
Lokkall　洛卡爾
Lokmlen　拉孟恩
Lonsha　黝沙
Lonzare　黝薩雷
Lord Admiral　上將主

Lord Artisan　工匠主
Lord Beggar　乞丐主
Lord General　將軍主
Lord Farmer　農主
Lord Mastrell　宗師主
Lord Merchant　商主
Los'seen　落辛教
Lossa　洛沙
Lossand / Lossandin　落沙／落沙的；人
Lraezare　勒瑞薩雷

M
Marken　螞肯
Mason Headquarters　石匠總部
Mastrell　宗師
Mastrell's Path　宗師之路
Mellis　梅里斯
Melloni / Melly　梅蓉妮／小梅
Moril　莫莉

N
N'Teese　妮提思
NaiMeer　奈梅爾
Napthani flame　內薩尼之火
Nilto　尼爾托
Nimmyn　寧敏
NizhDa　尼茲達
Nor'Tallon　諾塔倫
Nor'Tallon River　諾塔倫河
Northern Border Ocean　北邊疆海

O
overburn　過度燃燒
overmaster　過度操御

P
Particulate Cloud　粒子雲
Portside　左舷區
Praxton　帕克斯頓
Profession　天職

Q
qido　契多

R
Raagent　雷金
Reendel　瑞恩代爾
Reveln　瑞維恩
Reven　雷溫
rezal / rezalin(pl.)　雷薩爾／雷薩爾林(複數)
Rile　萊歐
Rim Kingdoms　外緣諸國
Rite　萊特
Ry'Kensha　瑞肯沙
Ry'Do Ali River　瑞多阿里河

S
sand bag　沙包
sand fox　沙狐
Sand Lord　沙之主
sand mage　沙巫
sand master　御沙師
sandling　沙蟲
sash　紗胥帶
Scooch　史庫琪
Seevis　希維司
senior trackt / senior　資深追警／前輩
Serin　瑟林
shalrim　沙苓
Sharezan　薛贊
Shella　胥拉
Shipowner's Circle　船東圈
Skathan　史卡森
Southern Border Ocean　南邊疆海
Starcarved　星刻
starmark　星痕
Starside　星面
Stumpy　缺缺

T
Tain　泰恩
Taisha / Taishin(pl.)　塔沙／塔辛(複數)
Taishin Council　塔辛委員會
Taldain　泰爾丹
Tallon　塔倫
Tarn　湯恩
terha / terhan(pl.)　拓哈／拓罕(複數)
terken　拓殼
Terminal Storm　末代風暴
Tiaoc　提亞克
Tonk　苳施獸
Torkel　托克爾
Torth　托斯
Tower Garrison　塔樓警備隊
Tower of Soldiers　塔樓士兵
trackt　追警
Traiben　特雷本
traid'ka　崔德卡（祝福語）
Trell　特雷

U
Underfen　次分師
Underlestrell　次少師
Undermastrell　次宗師

V
Vennin　維寧
venonleech　毒蛭
Vey　非伊

W
Wilheln　威罕
Wombears　甕熊

Y
Yeeden　伊登

Z
ZaiDon　宰東
zensha　憎沙
zinkall / zinkallin(pl.)　辛考／辛考林(複數)
Zo'Ken　左肯

BEST 嚴選 158

白沙・卷 2

國家圖書館出版品預行編目資料

白沙・卷 2/布蘭登・山德森（Brandon Sanderson）作；林雅儀譯. -- 初版. -- 臺北市：奇幻基地出版，城邦文化事業股份有限公司出版：英屬蓋曼群島商家庭傳媒股份有限公司城邦分公司發行，2024.02
面：公分. -（Best 嚴選；158）
譯自：White Sand
ISBN 978-626-7210-91-8（平裝）

原著書名／White Sand Vol. 2
作　　者／布蘭登・山德森（Brandon Sanderson）
譯　　者／林雅儀
企畫選書人／王雪莉
責任編輯／劉瑄
版權行政暨數位業務專員／陳玉鈴
資深版權專員／許儀盈
行銷企畫主任／陳姿億
業務協理／范光杰
總　編　輯／王雪莉
發　行　人／何飛鵬
法律顧問／元禾法律事務所　王子文律師
出版／奇幻基地出版
城邦文化事業股份有限公司
台北市 115 南港區昆陽街 16 號 4 樓
電話：(02)25007008　傳眞：(02)25027676
網址：www.ffoundation.com.tw
e-mail：ffoundation@cite.com.tw
發行／英屬蓋曼群島商家庭傳媒股份有限公司城邦分公司
台北市 115 南港區昆陽街 16 號 8 樓
書虫客服服務專線：(02)25007718・(02)25007719
24 小時傳眞服務：(02)25170999・(02)25001991
服務時間：週一至週五 09:30-12:00・13:30-17:00
郵撥帳號：19863813　戶名：書虫股份有限公司
讀者服務信箱 e-mail：service@readingclub.com.tw
歡迎光臨城邦讀書花園　網址：www.cite.com.tw
香港發行所／城邦（香港）出版集團有限公司
香港九龍九龍城土瓜灣道 86 號順聯工業大廈 6 樓 A 室
電話：(852) 2508-6231　傳眞：(852) 2578-9337
e-mail：hkcite@biznetvigator.com
馬新發行所／城邦（馬新）出版集團
【Cite(M)Sdn Bhd】
41, Jalan Radin Anum, Bandar Baru Sri Petaling,
57000 Kuala Lumpur, Malaysia.
Tel: (603) 90563833 Fax:(603) 90576622

封面設計／朱陳毅
排　　版／芯澤有限公司
印　　刷／高典印刷有限公司
■ 2024 年 2 月 2 日初版

售價／ 420 元

ISBN 978-626-7210-91-8

Printed in Taiwan.

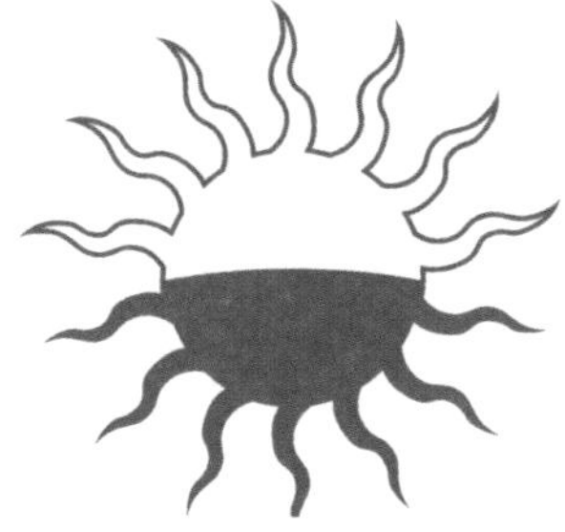

城邦讀書花園
www.cite.com.tw

廣 告 回 函
北區郵政管理登記證
台北廣字第000791號
郵資已付，免貼郵票

115 台北市南港區昆陽街 16 號 8 樓

英屬蓋曼群島商家庭傳媒股份有限公司城邦分公司 收

請沿虛線對摺，謝謝

每個人都有一本奇幻文學的啓蒙書

奇幻基地粉絲團：http://www.facebook.com/ffoundation

書號：**1HB158** 書名：白沙．卷 2

｜奇幻基地·2024山德森之年回函活動｜

好禮雙重送！入手奇幻大神布蘭登·山德森新書可獲2024限量燙金藏書票！
集滿回函點數或購書證明寄回即抽山神祕密好禮、Dragonsteel龍鋼萬元官方商品

【2024山德森之年計畫啟動！】購買2024年布蘭登·山德森新書《白沙》、《祕密計畫》系列（共七本），書隨書附贈限量燙金「山德森之年」藏書票一張！購買奇幻基地作品（不限年份）**五本以上，即可獲得限量隱藏「山德森之年」燙金藏書票；購買十本以上還可抽總值萬元進口龍鋼公司官方商品！**

好禮雙重送！「山德森之年」限量燙金隱藏版藏書票＆抽萬元龍鋼官方商品

活動時間：2024年1月1日起至2024年10月30日前（以郵戳為憑）

抽獎日：2024年11月15日。

參加辦法與集點兌換說明：2024年度購買奇幻基地任一紙書作品（**不限出版年份，限2024年購入**），於活動期間將回函卡右下角點數寄回奇幻基地，或於指定連結上傳2024年購買作品之紙本發票照片／載具證明／雲端發票／網路書店購買明細（以上擇一，前述證明需顯示購買時間，連結請見奇幻基地粉專公告），寄回五點或五份證明可獲限量隱藏版「山德森之年」燙金藏書票，寄回十點或十份證明可抽總值萬元進口龍鋼公司官方商品！

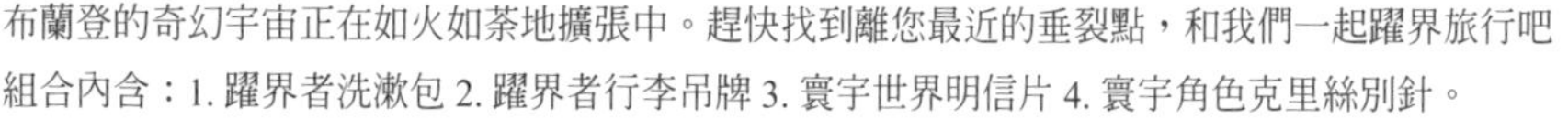

活動獎項說明

■ **山神祕密耶誕好禮＋「寰宇粉絲組」（共2個名額）**

布蘭登的奇幻宇宙正在如火如荼地擴張中。趕快找到離您最近的垂裂點，和我們一起躍界旅行吧！

組合內含：1. 躍界者洗漱包 2. 躍界者行李吊牌 3. 寰宇世界明信片 4. 寰宇角色克里絲別針。

■ **山神祕密耶誕好禮＋「天防者粉絲組」（共2個名額）**

衝入天際，邀遊星辰，撼動宇宙！飛上天際，摘下那些星星！組合內含：1. 天防者飛船模型 2. 毀滅蛞蝓矽膠模具 3. 毀滅蛞蝓撲克牌 4. 寰宇角色史特芮絲別針。

特別說明

1. 活動限台澎金馬。本活動有不可抗力原因無法執行時，主辦單位有權決定取消、中止、修改或暫停本活動。
2. 請以正楷書寫回函卡資料，若字跡潦草無法辨識，視同棄權。
3. 活動中獎人需依集團規定簽屬領取獎項相關文件、提供個人資料以利財會申報作業，開獎後將再發信請得獎者提供妥資訊。若中獎人未於時間內提供資料，主辦單位有權取消得獎資格。
4. **本活動限定購買紙書參與，懇請多多支持。**

當您同意報名本活動時，您同意【奇幻基地】（城邦文化事業股份有限公司）及城邦媒體出版集團（包括英屬蓋曼群島商家庭傳媒股份有限公司城邦分公司、書虫股份有限公司、墨刻出版股份有限公司、城邦原創股份有限公司），於營運期間及地區內，爲提供訂購、行銷、客户管理或其他合於營業登記項目或章程所定業務需要之目的，以電郵、傳真、電話、簡訊或其他通知公告方式利用您所提供之資料（資料類別 C001、C011 等各項類別相關資料）。利用對象亦可能包括相關服務的協力機構。如您有依個資法第三條或其他需要協助之處，得致電本公司（(02) 2500-7718）。

個人資料：

姓名：＿＿＿＿＿＿＿＿ 性別：＿＿＿＿ 年齡：＿＿＿＿ 職業：＿＿＿＿＿＿ 電話：＿＿＿＿＿＿＿＿

地址：＿＿＿＿＿＿＿＿＿＿＿＿＿＿＿＿ Email：＿＿＿＿＿＿＿＿＿＿ □訂閱奇幻基地電子報

想對奇幻基地說的話或是建議：＿＿＿＿＿＿＿＿＿＿＿＿＿＿＿＿＿＿＿＿＿＿＿＿＿＿

請剪下左邊點數，集滿十點寄回奇幻基地即可參加抽獎，影印無效。